彩月レイ AYATSUKI REI

イラスト=**りいちゅ**

クリーチャー
デザイン=**劇団イヌカレー(泥犬)**

勇者症候群

HERO-SYNDROME

Eradicate the heroes who avenge the world.

それは、死を迎えんとする少年少女たちが、謎の生物「女神」によって変貌した異形の怪物。
彼らはただひたすらに、偽りだらけの夢の世界を見ながら、その圧倒的な“正義”を振りかざす。
その存在は、同じく夢見ることを赦される、若き少年少女にしか知覚できない。
……ならば、その破壊と殺戮が押し寄せる戦場に立つ兵士たちもまた、若き少年少女にしか務まらないのだ。

――《勇者》。

アズマ・ユーリ
卓越した戦闘技術ととある能力により、対《勇者》特殊部隊『カローン』を率いる少年。
シノハラ・カグヤ
《勇者》を人間へと還す研究をしている少女。突如『カローン』への異動を命じられる。

CHARACTER
ユメウラ・リンドウ
アラカワ・サクラ
アサハル・コユキ

え……なんですかいきなり、どうし——
……ッ借りるぞ！
力なく触れているカグヤの手ごと銃を強く握り、照準を合わせる。奪って構え直す時間すら惜しかった。そのまま、カグヤの指の上から引鉄を引く。

勇者
出現

寺島颯太

（16）

出現場所：池袋駅

個体：《戦士型《タンク》》と推定

近隣の男子高校生が異世界転生を夢見て変貌した《勇者》。兎の口のような部分から放たれる爆炎は、まるで巨大な龍の如く人々に襲い掛かり、たちまち全てを焦土と化す。
――かつて恋焦がれた少女がいたことなど、もう彼が思い出すことはない。

HERO-SYNDROME

始　化け物

彼等《かれら》と勇者が分かり合うことなどありえない。

勇者とは無辜《むこ》の民を救うものだからだ。


気付いたら見知らぬ場所に居た——というとなんだか抜けている気がするが、実際そうなのだから仕方ない。池袋駅のホームで電車を待っていたある少年は、瞬《まばた》きしたら見たこともない場所に立っていた。

「……え？　何？　どこだここ」

初めて見る風景をきょろきょろと見渡す。ゲームなんかでよく見る、中世ヨーロッパ風のお洒落《しゃれ》な街の公園だ。晴天の下、簡素な服を着た人々が行き交っている。

明らかに日本ではない非現実的な光景に、少年はぽかんと間抜けに口を開けた。

何かのドッキリ？

テレビの企画？

あるいは誘拐？

様々な可能性をひととおり考えて、どれもしっくり来ずに首をひねる。

ドッキリにしては地味だし、自分がテレビの企画の対象になるとも思えないし、誘拐なら犯人が近くにいないのもおかしい。そもそも自分を誘拐するメリットなんてない。

つまり最後の可能性。

「……うん、夢だ」

というかそれしかありえない。これは恐らく電車の席で見ている夢とかだろう。乗り込んだことも覚えていないのは意味が分からないが、まあ夢なんてそんなものだ。

「凄《すご》いな。これ明晰夢《めいせきむ》っていうんだっけ。明晰夢《めいせきむ》だとなんでも出来るってマジかな？」

少年は辺りを見渡してみる。よく見れば中世ヨーロッパというより、知っているゲームの世界にも似ていた。

「しかしまたよく出来た夢だなぁ――この噴水の水とかちゃんと冷たいし」

手を伸ばしてみる。サラサラと冷たい水が手に当たって気持ちが良い。

噴水の水たまりも綺麗《きれい》で、自分の顔がよく映っていた。自分でも凡庸だと思う、どこにでもいる高校生の顔だ。

「なんだよーせっかく夢ならもうちょっとかっこよくしてほしいなあ」

そして彼はもう少し周囲を見渡す。かなり大きな公園で、後ろ側には森が繁《しげ》っていた。

凄《すご》いな、と思わず感嘆する。

輝くばかりに美しいその森に、彼は近付いていった。夢の中の森とは思えないくらいリアルな香りだ。

なんだか懐《なつ》かしい気がする香りだな——と思い、手前にある葉っぱに触れようとして。

ぷよ、と彼の手に柔らかいものが当たった。

「——ん？」

ふわっとした、マシュマロのような手触り。

夢にしてはどうにも感触がリアルなような。少なくとも植物ではないような。

恐る恐る視線をやると、森の中に深緑の髪に銀色の瞳の少女がむすっとした顔で立っていた。

自分の手の先には、その少女の豊満な、まぁいわゆるバストというやつが。

「……えと、これはゆ——」

「何するんですかああ！」

「すみません！　ほんとすみません！！！」

少年はその場に思いっきり土下座をした。

「違うんですこれは事故で、夢だと思ってて、決してわざとじゃないというかなんというか」

「ええ⁉　夢だったら胸を揉《も》んでいいとでも思ってるんですか⁉」

「いや決してそんなことは！　とにかくこの通りですすみません！」

「すみませんで済んだら警察いらないんですよぉ！」

ひとしきり叫んだ少女。そしてため息を吐く。

「……はあ。もう分かりましたから、頭上げてください」

必死に謝る彼の姿に、少女は少しだけ笑った。

「というかそもそも、私は夢ではなく現実ですから。それを教えに来たんですよ？」

「現実？」

顔を上げる。現実という言葉にさらに混乱した。

「現実って、夢かと思ったけどやっぱりドッキリ──」

「ちがいます！　ほらあれですよ、分かりませんか？　異世界転生、ってやつです」

「い──異世界転生⁉」

その言葉を聞いて、少年は目を輝かせる。

「ほんとにあった異世界転せ──って、んなわけないよな……」

と思ったら一瞬で目が曇った。

「普通に考えて異世界とか転生とかあるわけないし。どうせ夢だろうなぁ」

「だから夢じゃないんですってば。ほら、一度あっちを見てみてください」

少女は噴水広場の入口の方、街の方を指差す。

つられて視線を向けたが、何もない。ただ街の人々が行き交っているだけだ。

「？　いったい何が──ん？」

言いかけて彼は気付いた。行き交う街の人々は何かに怯《おび》えている。誰もが青い顔をして、足早に街を通っていた。

「なんだ？　怯《おび》えてるような……」

「もっとよく見て。人間じゃないモノがいます」

よく見てと言われ、目を細めて街を覗《のぞ》く。何か黒い物があちこちに居るような気がした。子供のような体格で、棍棒《こんぼう》のようなものを手に持っている。

「何かい――って、おわ!?」

覗《のぞ》いていると左から急に何かに襲われた。黒い身体《からだ》を持つ小鬼のようなモンスターだ。

「なんだこいつ!?」

「それが証拠です！　勇者様！」

「何!?」

襲われたこの痛みは夢じゃない――少年はそれを実感して、本当に自分が異世界に来てしまったのだと思った。こんなので実感したくはなかったけど。

小鬼は少年というより、少年がいつの間にか腰に差していた「剣」を狙っていたようだった。

「な――なんなんだこいつらは!?」

「それはゴブリン。この世界を脅《おびや》かす魔族の一種です！」

気付くと、ゴブリンが何体も街の入口に現れていた。

街の人々が悲鳴を上げて逃げまどっている。

「何を感心してるんですか！　あれはとても弱いですが、この世界を脅《おびや》かす魔族ですよ⁉」

「ゴブリン⁉　本物だ！」

「へえ。『魔族』ね。なるほどな。だんだん読めてきたぞ」

つまり少年はその魔族を倒すために召喚されたのだ。

「そういうことなら話が早い。とりあえずアレを倒せばいいんだな」

「ええ、お願いします！　今の貴方《あなた》には召喚特典で色々スキルがありますから、あの程度は難しくはないはずです！」

「よし、ならまずそのスキルを発動するぞ」

手を前に伸ばす。何故《なぜ》か発動のやり方は理解していた。

手のひらに魔力（?）を集中させる。この魔力を練って手から放出させるのだと、感覚で分かっていた。

「なんだ結構簡単なんだな。スキル・ドラゴ──」

ちゃりん、とその時、音がした。

「……ん?」

勢いよく手を伸ばした動きで、腰のポケットに入っている何かが音を立てたようだ。

なんだと思いポケットに手を入れ、取り出して目を見開く。

「兎《うさぎ》……?」

兎《うさぎ》のキーホルダーがあった。どこにでもあるプラスチック製の。

自分のポケットに入っていたキーホルダーなのに、彼には全く見覚えがない。自分で手に入れたものではない、というのはなんとなく覚えていた。

ならどうして自分が持っているのか――一瞬混乱したものの、そんなことを考えている場合ではないのでポケットに再びそれを突っ込む。

改めて彼は目の前のゴブリンを見た。そこにいるのは、現実からは程遠い姿をした醜い化け物。これから自分《勇者》が倒すべき敵――

「――え？」

そのゴブリンの姿が一瞬、ノイズのように揺らめいて見えたのだ。

ほんの瞬《まばた》きくらいの時間だったが、暴れるゴブリンの頭や手足が一瞬違う姿に見えた気がした。その姿に強い違和感を覚え、少年はそれに攻撃の手を止める。

「……なあ。今あいつらの姿が――」

「いつまでぼーっとしてるんですか。ゴブリンくらいちゃちゃっと倒しちゃってくださいよ」

覗《のぞ》き込む少女に視界を遮られて、少年は我に返る。次にゴブリンを見た時は、そんな面影など全くなかった。

少女は惚《ほう》けている彼の耳元で囁《ささや》く。

「せっかく理想の世界に来れたんですから。遠慮することなんてないんですよ？」

妖しい声に、少年は段々と思考をかき乱されていく。理想の世界に来れたんだから――

「ここには貴方《あなた》を傷付ける者なんてどこにもいない。ずっと楽しい世界に居られるんです。前にいた場所なんてもう必要ないじゃないですか」

混乱する彼を励ますように、《女神》の手が彼の手を取る。

「念じれば叶《かな》う。望めば手に入る。それが貴方《あなた》のスキルです。唱えてみてください。貴方《あなた》が手に入れたその力を」

少年は自分の心に耳を澄ます。ようやく手に入れた自分の「力」。

念じれば確かに様々なイメージが浮かんでくる。これは――炎？　龍の形をしている。ということは。

「スキル――龍炎《ドラゴンフレア》発動！」

龍の形をした炎が右手から出て思わず感嘆の声を上げた。

大質量の炎が空気を薙《な》ぎ払《はら》い、逃げ腰になるゴブリン達に突っ込んでいく――

・・・

「——突っ込んで来るぞ！　衝撃に備えろ‼」

同時刻、池袋駅。野戦服を纏《まと》った少年少女が、誰かの号令とともに散開した。

ある者は接近した状態から、類稀《たぐいまれ》なる身体能力で。

ある者はそれまで持っていた銃を捨て、身を護《まも》るように。

ある者は持っていた刀を軸にし、踊るように。

彼等《かれら》がそれぞれに退避した後の空気を、大質量の炎が薙《な》ぎ払《はら》う。焼け焦げる匂いが嫌でも鼻についた。

巨大な龍の形をした炎は、高さにして数メートルはあった。もはや消火活動も意味をなさない中、少年少女は熱さに耐え顔を上げる。

そのうちの一人、大人びた顔付きの少年は、炎が出現したあたりの空間をじっと睨《にら》み付《つ》けた。

視線の先、人のいない終電間際《まぎわ》の池袋駅山手線《やまのてせん》ホームに。

「……化け物め」

異形《いぎょう》がそこに居た。

二本の触覚を頭から生やし、顔は黒く塗り潰されていて見えない。二足歩行で、一見普通の人間と大差ない姿をしているが、体長は三メートルを超え、身体《からだ》からは無数の突起が露出している。

明らかに自然界には存在しない生物だ。先程の炎を撃ったのもこの異形《いぎょう》の生き物で、少年少女の討つべき敵でもあった。

その異形《いぎょう》から決して視線を切らず、大人びた少年は無線イヤホンに静かに声をかける。

「こちらは問題ない。……各員、状況を知らせろ」

『おう隊長。こっちは無事だ』

『私も無事だよー。あっついけど当たってない』

数人の声が返ってきて、少年はホッと息を吐く。声の調子から考えても怪我《けが》もなさそうだ。

通信の向こうから、少しふざけた声が聞こえる。

『いやぁしかし相変わらず凄《すご》いねー、戦士型は』

『やっぱりあれ戦士型《タンク》か。魔導師型の感じがしたんだがな』

『魔導師型《ウイザード》はこんなにパワーないよ。雰囲気的に魔導師型の能力持ってなくて、単純な力押しの攻撃で済ませようとするのが戦士型《タンク》だからさ』

『おー、じゃあ今日はしっかり楽しめそうだなぁ』

その声にやめろ、と少年は軽く制す。

「終電後とはいえターミナル駅だ。いくら人が少ないとはいえ、早めに片付けたい」

『冗談だっての。堅いなぁアズマは』

嗤《わら》うような軽薄な声に、アズマと呼ばれた少年はふ、と呆《あき》れたように目尻を下げる。

終電後の山手線《やまのてせん》ホームに人はほとんどいなかった。生きていない人間はちらほら見かけるが、ホームの周囲には人ひとり近づかない。その内側にいるのは、駅の職員でも警察でもないのに点在する少年少女。

「奴《やつ》が現れてから既に三十分。これ以上の被害を出すわけにはいかない」

鋭い瞳でそう言った少年の背後で炎が上がった。先程の化け物が発した炎だ。池袋駅で停車していた歪《いびつ》な形の車両が燃え上がり、ホーム上のスプリンクラーが発動——撒《ま》き散《ち》らされる水滴と熱でうだるような空気の中、彼等《かれら》はただ冷徹にその化け物を睨《にら》む。

今まさにホームを燃やし、それ以前に何人もの乗客を死に追いやった、その化け物の名は。

「《勇者》……」

【シャアアアアアアア‼】

蟲《むし》が翅《はね》を擦り合わせた時に出るような、寒気がする不気味な音だった。そんな音を口——と思われる場所から発する「それ」を、少年は睨《にら》む。睨《にら》んだまま無線イヤホン型通信機に向かって声を発する。

「時間がない。——最低でも五分以内に仕留めるぞ」

それぞれ返事が戻り、彼の作戦指揮のもとに少年少女は作戦を開始した。

【ガギィイァ！　アアア――ゴギグアア――】

「煩《うるさ》いな。人間の言葉を喋《しゃべ》れよ」

誰に言うでもなく、アズマは忌々《いまいま》しく吐き捨てる。

異形《いぎょう》が動きを見せた。二本の触覚がピンと張り、異形《いぎょう》の後方に複数の何かが出現する気配。

全員が警戒する。その「何か」は渦を巻くように出現――水だ。直径が数メートルもある水の球体が複数、空間に出現していた。

その球体は形作られてすぐ、全員が予想した通り前方に射出された。全員がそれぞれに可能な回避を取り、水球はホームに衝突して反対側の線路を吹き飛ばす。

相当な威力がある水球らしい。掠《さら》っただけでもひとたまりもない。

「警察が来るまで三分といったところか――それまでに片を付ける」

まるで泣き叫ぶように咆哮《ほうこう》する化け物。また新たなエネルギーを放出しようとしている。

「《勇者》は基本的に皆異常《チート》だが、唯一弱点がある。そこを叩《たた》けば終わりだ」

『分かってる。あいつらの心臓部、でしょ』

砲撃音。潑剌《はつらつ》とした少女の無線から。

ほぼ同時に化け物の側頭部が吹き飛んだ。その隙にと、アズマは腰に提げていた刀をすらりと抜く。通信の向こうで少年の笑い声が聞こえた。

『ハハ、相変わらずお前のそれは見応えあるなぁ』

「煩《うるさ》い。お前も大して変わらないだろう」

美しい――そして醜い刀だった。銀色の刃《やいば》のところどころに血のようなものが張り巡らされ、まるで生きているかのようだ。血はただの返り血の類《たぐい》ではなく、まるで血管が張り巡らされているようにも見える。純然たる生き物ではなく、――しかし確実に人工物ではないそれ。

一瞬目を瞑《つぶ》り、アズマは呟《つぶや》く。

「『卵』は左胸前部、ちょうど人間の心臓に当たる部分」

『おっけー。アズマが近いね。頼《たの》――ってもう行ってるか』

少年は誰よりも早く単身で突っ込んだ。瞳に映るのは明らかな異常を持つ化け物。

耳に届くのは、その心臓の鼓動。

煩《うるさ》いくらいに響く。今の彼にはどんな騒音よりも、小さな心臓の鼓動が耳に響いていた。弱った心臓を無理やり動かしているような、儚《はかな》く悍《おぞ》ましい音。

刀を振り抜いた。少し遠い化け物の肉体に、的確に斬《ザン》、と刃《やいば》を突き立てる――左胸前部。

【ギャア――アアアア!】

突き立てられた方は目を見開き、何かをかきむしるような動きをしている。

「さっさと死んでおけ。――誰かを殺すその前に」

【ダ、レ――ギ、ガ、ナニガ――】

最後に何かを言おうとする化け物の肉体から、構わず彼は刀を抜いた。およそ通常のものとも思えない刀の先端に、小さな球形の何かが刺されていた。まるで生き物のように蠢《うごめ》いている。

ザッ、と球形の心臓を踏み潰し、少年はその動きを止めた。

それと同時に異形《いぎょう》も動きを止めて、ゆっくりと仰《の》け反《ぞ》った。顔を纏《まと》う闇が晴れて一瞬あどけない顔が覗《のぞ》き、同時に消えてゆく。

凡庸な、どこにでもいる高校生の顔だった。そんな「彼」に、少年は視線すらやらない。憎らしく。それでいて無関心に──まるで最初から、そこに何もなかったかのように。

人間と《勇者》が分かり合うことなどありえない。

《勇者》とは無辜《むこ》の民を滅ぼすものだからだ。

一　勇者

『事後調整班より各位へ――本日午前一時過ぎ、池袋にて《勇者》出現。被害者七名、いずれも通勤客。映像記録のセキュリティチェック完了――共有を開始します』

都内某所。実験施設や工場が立ち並ぶ工業地帯の一つに、その建物はあった。

「殲滅軍《せんめつぐん》技術研究所」とだけ印字された、無機質でだだっ広い建物。内部にある一般食堂備え付けの液晶からは、感情のこもらない機械音声と映像が流れている。

映っているのは池袋のホームだ。瓦礫《がれき》や焼け跡から煙が立ち上り、何人もの作業員が後始末をしている。

『共有を展開。詳細情報へのアクセス権申請は将官以上の者へ――』

「へえ。昨日の《勇者》戦、池袋のものだったんですね」

その映像を見ながら、食堂の片隅で小さな食卓を囲む二人の少女達がいた。

どちらも白衣に身を包み、食堂のメニュー表を前にしている。そのうちの一人、翡翠《ひすい》の瞳を持つ少女が怠《だる》そうに言った。

「もうカグヤ先輩、早く決めてくださいよー。昼休み終わっちゃいますよぉ？」

「待ってマリちゃん！　もう少し、もう少しだから……！」

その視線の先にいるのは、眉根を寄せて唸《うな》っている少女。

背中まである明るい緋色《ひいろ》の髪に薄紫の瞳を持つ、品の良い少女だ。一般食堂の料理など似合わなそうな気品を持っているが、彼女の顔は真剣そのものだった。

まるで世界の運命でも決めるような表情で。

「A定食かB定食か……Bはカロリーが高いけれどこのトンカツは捨《す》て難《がた》い、しかしA定食は期間限定のパスタソースが使用されている……いやでも特別メニューのサラダ付きオムライスも魅力的だし……」

「もういいですか？　注文しちゃいますよ？」

「待ってマリちゃん‼　ランチの内容は今日一日のモチベーションを左右する重大な決断なのよ。しかも一つしか選べない……軽率に決めるものじゃないわ……！」

「いや明日も明後日《あさって》も食べられますから。ついでに休日もずっと隊舎詰めなのでその後も食べられますし」

「悲しいことを言わないでマリちゃん‼」

「はいはいもう注文しますからね。すみませーん――」

ああっ⁉　と小さく叫んで、慌ててメニュー表を凝視する少女。

名をシノハラ・カグヤ。この建物にある「第二技術研究所」所属の中尉である。

同伴するエザクラ・マリは同じ研究所に所属する准尉であり、カグヤの後輩だ。

人も疎《まば》らな食堂で、二人は少し遅い昼食を摂《と》っていた。一般食堂とはいえスタッフが注文を取りに来る形で、がらんとした食堂でマリがメニューを注文する声だけが響く。

「じゃあ私はこれで……先輩は？」

「…………じゃあA定食とB定食と特別メニューで」

「結局全部いくんですね……」

呆《あき》れたように言う後輩。ふふふとカグヤは少しばかり得意げに笑う。

「迷った時はとりあえず全部選ぶって決めてるの。全部選べば後悔しないからね」

「いつもながら強欲極まりないですねー先輩は」

ちなみにハーフサイズなどということもなく純然たる三人前だが、カグヤにとっては通常運転だった。

「まあそれは先輩の問題なんで別にいいですけど。この間言ってたダイエットとかはどうしたんですか？　半年後に十キロ痩せるとか言ってませんでしたっけ」

「あのねマリちゃん。第二技研《ぎけん》の研究員として言わせてもらうけど」

カグヤはきらりと目を光らせ、ちっちっと指を振る。

「生き物である私達が必要もなく減量しようだなんてナンセンスもいいところよ。全ての動物は本来生きるために栄養摂取するもの。痩せようとしてるのなんて人間だけなの！　私は本来の姿に戻って――」

「あぁはいはい。それ毎回聞いてるんで」

マリは視線すらやらずに返した。

「でもそれ先輩には当てはまりませんよ？　動物は筋肉量がありますけど、先輩には筋肉ぜんっぜんないですし。運動しなきゃ増えてく一方です」

「ん？　ちょっと待ってそれどういう――」

言いかけた時、ピロン、と通知音とともに映像が切り替わった。

食堂に存在する液晶には、殲滅軍《せんめつぐん》有する街頭監視カメラの様子が流れている。その多くは《勇者》戦の記録映像だ。

言葉の途中だったカグヤが視線を移すと、別角度画面の映像が流れていた。

様々なものに擬態し作動しているカメラの中には、駅の電光掲示板に組み込まれているものもある――上から撮影されたものと思《おぼ》しき粗い画像に、複数の少年少女が映っていた。

「あの人達は――」

「戦闘兵科の面々ですね。相変わらずお強いですねぇ」

その全員が藍緑《らんりょく》の隊服を身につけていた。画質は粗いのに少年少女の姿を見事に捉えている。

彼等《かれら》は映像で八面六臂《はちめんろっぴ》の活躍を見せていた。特に一番先頭にいる少年は圧倒的な速さで三メートルほどもある化け物を翻弄している。一騎当千だと肌で理解できる強さだった。

「あ、この人って」と、マリが何かに気付く。

「戦闘兵科の有名な人じゃないですか？　私、一度見たことありますよ」

「え。そうなの？　マリちゃんこの画質でよく見えるわね」

カグヤは顔の仔細《しさい》までは分からない。というより人間の顔立ちの違いにあまり興味がないだけなのだが——ただ、少年のその左耳に銀十字のピアスがあることは目を引いた。

見ている間に、映像の化け物から龍の形をした炎が上がる。

「大きさは人間とほぼ同じ……空気中から炎を？　どんなメカニズムでこんな……」

カグヤは《勇者》の動きを食い入るように見ていた。黒く塗り潰された顔はどの角度から見ても、まるで闇を纏《まと》っているように視認できない。

《勇者》は手から水球を放出し、向かい側の線路とホームを吹き飛ばした。音と映像だけでも伝わってくる戦闘の激しさ。

しかしカグヤが興味があるのは《勇者》だけだ。

「炎の次は水？　なんでもアリね……」

映像の少年は、カメラが全く追えていない動きで刀を振った。切っ先が《勇者》の心臓付近に突き刺さり、その直後《勇者》の身体《からだ》は崩れ落ちる。

「あー……」

「あーじゃないですよ先輩。どこ見てんですか」

「どこって《勇者》に決まってるじゃない」

カグヤは脱力したように食卓の椅子にもたれかかった。

「あれは戦士型《タンク》――特に攻撃の威力が強いタイプの《勇者》。今の数秒じゃそのくらいしか分からないわね……」

「でも戦闘兵科の人は凄《すご》かったですよ？　あんな大きい《勇者》を一発で倒しちゃうなんて」

「戦闘兵科なんて見てないのよ私は」

と、カグヤは座り直す。

「興味があるのは《勇者》だけ。……そりゃあ、さっきの部隊みたいに特に強い人は少しは気になるけど。それでもただの人間にしか過ぎないわ」

「……変わりませんねえ先輩は」

マリのからかうような声。

「人間よりも、《勇者》が気になるんですか？」

「当たり前よ」と、カグヤは神妙に頷《うなず》く。

「《勇者》について調べれば、それだけ早くこの事態を打開することが出来る。戦いを終わらせることが出来るんだから殲滅は現状維持の行為でしかないわ」

この事態。それはもちろん、《勇者》と呼ばれる異形《いぎょう》が突如日常を脅《おびや》かす、今のこの国の現状のことだ。

《勇者》——それは今から三十年前に出現し、人々を蹂躙《じゅうりん》してきた化け物の総称。

どこから来たのか、なんの目的があるのかも分からない。ただ分かっているのは、脈絡なく現れて大規模な破壊を繰り返すこと、顔が何か異常なもので黒く塗り潰されていること。

そして、その他に特筆すべき二つの特徴があることだ。

「《勇者》は周囲を破壊し、たくさんの人間を殺す化け物よ。これまで家族を失った人も大勢いる。マリちゃんだってそうでしょ？」

マリは頷《うなず》く。お調子者風だが、マリも《勇者》に家族を奪われた孤児だ。

「そんなに昔からこれだけの悲劇を生んでいるのに。何人もが孤児になっているのに。それなのに誰も気付かない——」

カグヤは低い声で呟《つぶや》く。誰も気付かないというその事実を。

どんな破壊が起こっていても、大半の人間からは見えないのだから気付かれない。異常気象など、別のものとして認知が捻《ね》じ曲《ま》げられてしまうのだ。

カグヤは徐《おもむろ》に私用のスマホを見る。

『深夜の池袋駅ホーム崩壊、列車の衝突事故か』。そんな見出しの的外れなニュースが並んでいる。映像に映し出されているような化け物の存在はどの写真にも写っていない。

世間に流れるニュースでは、昨日の深夜に池袋駅で起こったことは電車の衝突事故ということになっている。

ただの列車事故で向かい側のホームまで抉《えぐ》れることはない。それがどれだけ不自然でも、化け物が襲来したという考えに至る者はいない。

「どれだけの破壊があっても大人には見えない。気付かれない。それが《勇者》なんだから」

《勇者》の特徴の一つとして、思春期を超えた大人にはその姿が見えていないということが報告されている。

個人差はあるものの、二十歳になる頃にはテレビなどの映像媒体を介しても認識できなくなる。見えないが故に、見えてしまった子供が何を言っても信じない。

「でも、昔は見えてたんですよね？　今の大人も」

マリは不思議そうだった。

「ずっと見えてたのに、見えなくなった途端誰も信じないってそんなのあるんですか？」

「まあ、そもそも《勇者》の出現に居合わせる人自体少ないからね……居合わせても大抵死んでるし——殲滅軍《せんめつぐん》に居た人は流石《さすが》に覚えているようだけど、大多数が見えないんだもの、自分が間違っているんじゃないか、って思う人は多いらしいわ」

三十年前に《勇者》と戦っていた者も、もう《勇者》を知覚することも出来ない。記憶の中にしかいないのだ。

「先輩達もそうだった。徐々に《勇者》が見えなくなって——見えないものの研究なんて出来るわけないから、辞めていったわ」

「……なんだか切ないですね」

マリは俯《うつむ》いた。

「どんなに努力してても必死になってもいつか全て見えなくなってしまうなんて。私も先輩もいつか、見えなくなる時が来るってことなんですね……」

「……ええ」

すると、カグヤは急に息を詰めた。何かに耐えるように。

「……ッ、ええ、そうなのよマリちゃん……！」

急に強い口調になったカグヤを、マリは見上げた。カグヤはその紫紺の瞳を輝かせる。

「見えなくなるのは抗《あらが》えないこと。あと三年もしたら私だって……。だからこそ私はその前に、あの研究を完成させなきゃならないの……！」

「あの研究って……」

「前に少し言ったでしょ？　『反魂《はんごん》研究』のことよ」

「ああ、『反魂《はんごん》』ってあれですね。確か《勇者》を——」

『——事後調整班から各位へ』

その時、マリの言葉を遮るように機械音声が響いた。

『補足事項——《勇者》の正体と思われる人物が判明。個人情報を展開します』

そしてモニターに、あどけない表情の少年の顔が映し出される。明らかに軍人ではない、戦闘とも無縁な、普通の制服を着た少年だった。

『寺島颯太《てらしまそうた》、十六歳。近隣の高校に通う高校生で、池袋駅で線路へ飛び降りの直後、《勇——》』

「……《勇者》化した」

カグヤが機械音声を引き継ぐように低く呟《つぶや》く。

《勇者》——あの醜く悍《おぞ》ましい化け物。この国を、人々を襲う化け物。

どこにでもいる高校生が《勇者》になった——それがこの国の〝日常〟になりつつある。

その事実を受け止めた上でカグヤは決意を込めた瞳で言葉を続けた。

「だから私は、彼等《かれら》を人間に戻す研究をしている」

カグヤは力強い視線で呟《つぶや》く。《勇者》を人間に戻すと言われても、対面するマリは驚く素振りも見せなかった。

《勇者》が元々人間だったこと。カグヤやマリと同じ人間であったこと——《勇者》を知る者達にとっては常識だからだ。

異常な化け物、《勇者》の持つ最後にして一番の特徴。それは。

——《勇者》は元人間であるということ。

あんな姿をしていても、何人もの人を殺していようと、大人の誰にも見えなくても、元は人間だ。監視カメラの映像や多数の目撃証言があり、少なくとも未成年の者達——特に殲滅軍《せんめつぐん》の間ではそれは周知の事実となっていた。

ただそのどれもが未成年の目撃証言だったのと、例が少ないので警察に信じられることはなかったが。殲滅軍《せんめつぐん》はそんな怒りを秘めながら生きながらえた未成年がほとんどを占めている。

池袋に現れた《勇者》の正体。それは、近隣の高校に通う生徒。

同駅同ホームで飛び降りの後、《勇者》化。

「あんな化け物でも、かつては私達と同じ人間だった——なら、私達や大切な人がいつそうなるか分からない。だから私は少しでも元に戻る《反魂》可能性に賭けたいのよ」

「先輩……」

「ま、この考えは少数派らしいけどね」

そう笑ってカグヤは、残っていた料理に集中する。三人分のうち二人分は既に平らげていたが、残る一つは本命のB定食だ。トンカツがこれでもかと盛られた、部活帰りの野球部仕様の量である。

平気で三人前を平らげるカグヤは、苦しそうな顔すらも見せない。

「……確かに先輩の考え方は、軍では少数派かもしれませんけど」

そんなカグヤを見ながら、マリは静かに語り始める。

「でも、私は好きですよ。《勇者》の元になった人間にとっては救いになると思います」

「マリちゃん……！」

「考えたくないですけど、私も勇者になる可能性だってあるわけですからね」

マリは哀《かな》しい顔で微笑《ほほえ》んだ。

「ですから先輩。誰に何を言われても私は先輩のこと――……」

急にマリの言葉が途切れた。

カグヤはトンカツから目を上げる。唖然《あぜん》としたような彼女の姿があった。

「マリちゃん？　どうしたの？」

「あ……っと」

何とも形容できない表情をするマリ。その視線の先が自分の背後にあると知り、カグヤはゆっくり振り返る。マリがそんなに驚くものは一体なんだろうと少しばかり好奇心を抱いて――

「……え？」

見知らぬ少女がそこにいた。

桜色の髪に薄い翠《みどり》色の瞳を持つ、背が高いボーイッシュな美少女だ。顔立ちはもちろんだが、背が高くてスタイルも良く、舞台の男役と言われても不思議ではない。そんな美しい彼女に思わず、カグヤは呟《つぶや》いた。

「あっ、貴女《あなた》……誰……？」

目を丸くするカグヤに少女は微笑、自己紹介するように胸に手を当てる。

「私は戦闘兵科所属、アラカワ・サクラ少尉。シノハラ・カグヤ技術中尉はどちらですか？」

少し間があって、マリとカグヤは同時にカグヤを指差した。

サクラと名乗った少女は、その場にかがんでカグヤと目線を合わせる。翠《みどり》色の澄んだ瞳に見つめられ、カグヤは何故《なぜ》だか居《い》た堪《たま》れない気分になった。

「突然の訪問、失礼します。技術中尉殿」

「えっ⁉　あ、いえ……」

涼やかで自信に溢《あふ》れた声。こちらが居心地悪くなるほどの。

「お食事中ですが、お話しさせていただいても？」

「は、はい大丈夫……ていうかその、敬語じゃなくても大丈夫です、よ……部署も違うし」

「……そう？　なら、そうさせてもらうね。実は敬語って苦手だったんだ」

朗らかな声とともに立ち上がる少尉。

ただそれだけの所作でも洗練されていて、カグヤは呆然《ぼうぜん》とする。これまでに会ったことがないタイプの人間だった。

「戦闘兵科の少尉が、どうして……？」

そう問うと、少尉は首を傾《かし》げた。

「あれ？　聞いてないかな？　来月からの異動の話」

「異動？」

予想外の言葉に、カグヤは少しだけ目を細める。

「聞いてません。なんのお話ですか？」

「あーやっぱり聞いてなかったかぁ……」と笑う彼女は、人事局の人間というわけでもなさそうだ。益々《ますます》不審な少女は、苦笑いをしつつ言う。

「辞令についての返事がないからおかしいと思ったのさ。まさか二週間も放っておくとは思わなかったからね」

「二週間……？」

「そ。二週間前に手紙を送ったんだよ。貴女《あなた》は来月、つまり明日から――」

その時だった。静かだった食堂がにわかに騒がしくなる。急増した人の気配に、カグヤもマリもサクラもそちらに目を向けた。

「どうしたんですか？　急に煩《うるさ》くなったような」

「ああ、もう一つの食堂がいっぱいになったからこっちに来たのよ」

騒がしさの原因はなんてことのない理由だった。すぐに興味を失ったカグヤとマリに比べ、サクラだけが何故《なぜ》か唖然《あぜん》としている。

「え。珍しいな。どうしてここにいるんだあいつ」

あいつって誰。カグヤとマリの疑問は、しかしすぐに解消されることとなる。

一人の少年が人ごみの中から現れたのだ。銀十字のピアスが特徴的な少年。

光が射《さ》さない夜のような灰色の瞳は炎の赤をちらちらと宿し、髪は輝《かがや》くアイスシルバー。左耳には鈍く輝くような銀色の十字型のピアスをしていて、そこだけが何か異質だ。

映像で見た顔だ――とカグヤはなんとなしに思う。低画質の裏に隠れていた顔立ちは、人間に興味がないカグヤから見ても整ったものだった。

サクラは鷹揚《おうよう》に笑う。

「なんだアズマ。結局君も来たのか。だったら一緒に来ればいいのに」

「アズマ……⁉」

マリが目を丸くしている。アズマ。

そういえばマリが有名人だって言ってたような、とカグヤは思ったが、重要じゃなさそうなことはすぐに忘れる性質だったので覚えてなかった。

「えっ⁉　てことは先輩、まさかあの隊に異動するんですか⁉」

「あの隊？」

「先輩、ちょっとは人間に興味持ってくださいよ！　アズマといえば、あの――」

やがて少年が――アズマと呼ばれた彼がカグヤ達の席まで来る。

間近で見れば彼の表情がよく見えた。全体的に静謐《せいひつ》だが、その雰囲気の奥に激しく燃える何かを抱えている。そんな印象を持つ大人びた少年。どこか不愉快さを窺《うかが》わせる瞳が印象的だ。

当のアズマはカグヤを完全に無視してサクラに声をかける。

「サクラ。ここで何してるんだ？」

「私は異動の件を伝えに。君こそ珍しいね。技研《ぎけん》に来るなんて」

「俺も異動の件を伝えに来たんだ」

そして彼は口角を上げる。明らかにこちらを見下すような、悪辣《あくらつ》にも見える表情で。

「すまないが、あの異動の件はなかったことにしてくれ」

表情に反して冷たいともとれる声音《こわね》だった。

「うちの隊は今の人員で充分だ。今更研究所なんかから人が来たって何かの役に立つとは思えない。邪魔なだけだ」

「ちょっと……」

不愉快な言い方に思わず気色《けしき》ばむカグヤ。

そんなカグヤにアズマは強く視線を注ぐ。そして一瞬──アズマは双眸《そうぼう》を嫌悪《けんお》に強く歪《ゆが》めた気がした。まるでそう、花壇に巣を張る蜘蛛《くも》を見つけた時のような。

じろりとした不躾《ぶしつけ》な視線に、カグヤも流石《さすが》に苛立《いらだ》つ。

「あの、ちょっとすみませんけど──」

「何故だ？」

アズマの唐突な、叩《たた》き付《つ》けるような質問に、カグヤは虚を突かれる。

「何故《なぜ》って……」

「何故《なぜ》お前はここにいるんだ」

「はぁ？」

初対面でお前呼ばわりである。カグヤの額に青筋が浮くのも無理はない。

「何故《なぜ》って、技研《ぎけん》に来てるのはそっちじゃないですか！　しかも初対面でお前って——」

「ま、まあまあ中尉、抑えて」

まるで子供をなだめるようなサクラの声。

「けれどアズマ。中尉の言う通りだよ。これから来てもらおうって人に対して君さ……」

「大丈夫です行きませんから」と拗《す》ねるカグヤを横目に、アズマはほんの少し黙る。

「アズマ、君の技研《ぎけん》嫌いは知ってるけど、ここまで言うなんてどうしたのさ？　君らしくない」

「……すまない」

軽く呟《つぶや》いただけのアズマに、サクラはあからさまにため息を吐《つ》く。

「なんかごめんね、中尉。根は悪い奴《やつ》じゃないんだよ」

「……いくら根が良くても、葉や花が腐っていたらそれは根腐れしているのと変わりません」

立ち上がってアズマと対峙《たいじ》する。一回り背の高い彼に、カグヤは臆さず睨《にら》み付《つ》けた。

「初対面で『お前』とか『何故《なぜ》ここにいる』とか。失礼だと思わないんですか？」

「……」

目が合った。カグヤの高貴な紫瞳《しとう》と、アズマ大尉の燃える灰色の瞳が。

数秒、互いに睨《にら》み合《あ》う。アズマの瞳に何か複雑な感情が浮かびかけた時。

「ちょっ！　ちょっと待ってくださいっ」

マリがガタリと勢いよく立ち上がった。

「あ、貴方達《あなた》の隊が人員補強なんて……しかも技研《ぎけん》からって、どういうことですか⁉　だって貴方達《あなた》は《勇者》の──」

「待ってマリちゃん」

マリが何を言おうとしたかは分からない。が、カグヤにもそれなりの主張があった。

「なんだか勝手にお話が進んでいるようですけど。私、なんっにも聞いてないんですよ。なんなら異動するって初めて知ったくらいで……」

勝手な異動など受け入れるわけにはいかない。だって彼女にはやるべきことがある。

「それにこちらこそ、異動についてはお断りです。私には技研《ぎけん》でやることがあるんですから」

「やること？　なんだそれは」

厳しい瞳で応えるアズマ。

「それは命令より重要なことなのか」

「……ええ。とても」

カグヤには時間がない。あと数年もしないうちに《勇者》を見ることも出来なくなる。

こんな不本意な異動に煩わされている場合ではないのだ。

「なるほど。だが、技研《ぎけん》の方の研究長は了承したと聞いたがな？」

少し上からのアズマの発言に、カグヤは眉を顰《ひそ》める。

「了承って……それいつの話ですか？」

「いつって辞令が下った時だ。『中尉ならいけます』と俺は聞いていたが」

カグヤはマリと顔を見合わせる。もちろんそんな話は聞いていない。

研究長は《勇者》が元人間である論証を立て、有効な武器を研究している天才だが、自分の興味のあること以外に関心がない。二週間もずっと忘れていたのか。部下の異動を。

気まずい顔でそっぽを向くカグヤ。

「それは——その、研究長がご迷惑をおかけしました……割とその、自分本位な人ですので……」

カグヤの上司である第二技研《ぎけん》の研究長は有名だ。悪い意味で。

「で、でも、結論から言えば私も反対です」

一転、カグヤは向き直って抗議する。

「なかったことも何も、最初から聞いてないんですから。そちらの隊長もお嫌なんでしょうし今回の話は」

「ちょっっっと待ってください！」

マリが遮った。

「ちょっと先輩こっち来てください！」とカグヤはほぼ強引に隅に連れていかれ、食い気味に囁《ささや》かれる。

「先輩、前に研究長と話したの覚えてないんですか？　戦闘兵科の特別編成小隊のこと！」

「ええ？　戦闘兵科の？」

「先輩も気になるって言ってたじゃないですか——ほら六年前の！」

「ろく、ねんまえ……？」

　それを聞いて少し考え、カグヤはようやく思い出した。

　カグヤにとって、いや殲滅軍《せんめつぐん》にとって六年前といえば一つしかない。

　六年前——千葉に現れた一人の《勇者》によって県が一瞬で壊滅した事件だ。出現したその《勇者》は直後に大爆発を起こし、その爆風と衝撃で千葉県北部とその周辺の住民はほぼ全滅。見えもしない大人達には「隕石落下《いんせきらつか》」として扱われた悲劇である。

「まさか六年前の崩壊の……!?」

「そうですよ！　あの大崩壊の時に生き残った少年少女、それを集めたのが特別編成小隊、通称『カローン』です……！」

　しかしその大崩壊の中で例外的に、爆発の影響範囲内にいたにも拘《かか》わらず無傷で生き残った者達がいた。

　彼等《かれら》を保護という名目で監視下に置き、部隊として育て上げたのが「《勇者》殲滅軍《せんめつぐん》戦闘兵科特別編成小隊」。通称カローン。カローンとは古代ギリシャ語で「美」を意味する言葉で、

《勇者》被害の生き残りである彼等《かれら》に皮肉をもってそう名付けられている。

《勇者》被害から何故《なぜ》彼等《かれら》だけが生き残ったのか——その原因は未《ま》だ特定されていない。分からないからこそ不安と恐怖を煽《あお》り、彼等《かれら》は現在『重要監視対象』の扱いを受けていた。

重要監視対象とは、組織内での実質的な最終通告でもある。何かあれば即刻処分も有り得るという、とても穏やかとは言えない扱いのことだ。

「……そんな彼等《かれら》が、どうして人員の補充なんて……」

「分かりませんよぉ！　でも異例中の異例であることは確かです。しかもよりによって技研《ぎけん》からなんて——」

「おい」と、アズマの影。

「何を話してるか知らないが、お前が何を思ったとしても、上からの命令だ。すぐに来てもらうぞ」

「……ええ。それに関しては私は構いません」

カグヤはマリを庇《かば》うようにアズマの目の前に立ちはだかった。

「けれど何故《なぜ》、技研《ぎけん》からなんですか？　技研《ぎけん》は《勇者》を救済対象として研究する場所。貴方《あなた》がたとは思想が相容《あいい》れないはずです」

「それは知らない」

上が決めたことだ。と、アズマはどうでもよさそうだ。

「それに俺だって――《勇者》を毎日バラして研究するイカレた連中とは関わりたくない」

カグヤの眉がピクリと震えた。今の言い方はあからさまな悪意がある。

「そもそも貴女達《あなた》も軍人だろう。興味本位や好奇心でそんなことをしている暇があったら、武器を取って戦うべきだ。《勇者》なんてただ倒してしまえばいいと、そう思わないか」

「……そんなの、確証のない綱渡りです」

しかし譲れないこともある。

「もし貴方《あなた》がたに倒せない《勇者》が出たら？　六年前のような、とても対処できない《勇者》がいたらどうするんですか。そもそも貴方《あなた》達だって数年後には見えなくなっているんですから。その前に、倒す以外の根本的な解決方法を考えるべきです」

今度はアズマが黙る番だった。そのリスクは彼も予想しているだろう。

「それに、……彼等《かれら》は元々人間だったのは確かです。化け物として死ぬなんて、そんなの哀《かな》しいじゃないですか」

相手は同じ人間なのだから。

「興味本位や好奇心だけでやってるわけじゃありません。信念は貴方《あなた》がたと変わりませんよ」

「……《勇者》は、人殺しの化け物だ。それ以上でもそれ以下でもない」

「意見の相違ですね。《勇者》が元人間であったというのは事実なんです。だから――」

ちょっとちょっと、とサクラが仲裁する。困り顔だった。

「これから仲間になるって時に喧嘩《けんか》してんじゃないよ。アズマは言い過ぎだし、シノハラ中尉も言葉抑えて」

ちっ、とアズマは分かりやすく舌打ちをした。カグヤも苛《いら》ついた顔でそっぽを向く。

分かり合えない。この短時間のやり取りで、互いにそれを悟った。カグヤはアズマ達の過激な考えを理解できないし、アズマはカグヤの考えを理解できない。

「そうだな、貴女《あなた》と今言い争っても仕方がない。全くの時間の無駄だ――」

冷徹な少年は、身の内の沸騰を表に出す前にとその場を去ろうとした。

「だがいいか、次に会う時は上司と部下だ。今日の発言、せいぜい後悔するんだな」

「へー白昼堂々パワハラですか？　貴方《あなた》こそ、人事局からのお達しが来るのを楽しみにしていてくださいね？」

「人《ひ》事《と》局を当てにしないと何も言えないのか？　言いたいことがあるなら直接言えばいいだろう」

あのねー、とサクラが頭を抱えた。

「子供じゃないんだから君達」

「それはあっちの技《ぎ》研《けん》に言ってくれ」

そのまま去っていこうとするアズマを「待ってください」とカグヤは引き留める。

「お名前を伺っていません」

「戦闘兵科特別編成小隊『カローン』隊長アズマ・ユーリ。階級は大尉だ」

　心底面倒そうに伝えた後、アズマは口だけで嗤《わら》う。

「どうせ短い間だろうが、よろしくな。シノハラ・カグヤ技術中尉」

一―二

『――いやいや、すまないなカグヤ。すっかり失念していたよ』

「部下の異動を忘れないでください……」

『忘れていたわけじゃない。覚えていなかっただけだ。偶々《たまたま》こちらの研究が大詰めを迎えていてね、そこまで関わっていられなかったのだよ』

　異動を命じられた次の朝。カグヤは技術兵科の軍人寮の前にいた。

　人を待っているのだ。その場で立ったまま、自分の上司と通話をしている。上司――つまり研究長。弱冠十六歳でその座まで上り詰めた天才だ。

「研究長のプロジェクトって、確か対勇者生物兵器開発の研究ですよね？　あれもう終了してませんでしたっけ？」

『終了じゃなくて凍結、だな。凍った実験など名前と大義名分をすり替えてしまえばいくらでも再利用可能だ』

「研究長はほんと変わりませんねえ……」

二十五年も前に凍結された非人道的研究を勝手に掘り起こすなどこの人くらいのものだ。

「……ま、その非道のお陰で今殲滅軍《せんめつぐん》は対抗できているわけですから。ありがたいですが」

『非道というのも私は賛成できないがね――』

研究長は透き通ったような声で嗤《わら》う。

『《勇者》をより効率的に滅する対勇者生物兵器、神話からその名を取って「クロノス」。《勇者》の肉皮から採取した細胞で作られた生きた兵器は、人類の敗北を何度も防いできた』

クロノスと呼ばれる武器は、《勇者》の屍体《したい》から造られたものだ。その研究は凍結されたが、成果となった武器は今なお現役である。刀や銃など様々な形を取るそれらは、《勇者》を殺すために大きく貢献していた。

『しかし二十五年も前の研究だ。その当時にしては素晴らしい技術と発想力だが、所詮初期の研究――反動《リバウンド》については解決していない』

また始まった。カグヤは諦めたように瞼《まぶた》を閉じる。

クロノスは生きた武器で、そして特殊な武器だった。《勇者》由来で製作されたもので、それぞれに意思が宿っているとも言われている。

何故《なぜ》そう言われているかというと、クロノスは使い手を選ぶからだ。普通の人間が使用すると反動《リバウンド》が度々起こる――例えば刀を振れば指が千切《ちぎ》れ、撃っただけで反動で腕が吹っ飛ぶような。だからこそ凍結に至ったわけだが、クロノスは現役。使い手がいるということだ。

『だから私はその反動《リバウンド》を解決するため──』

「分かった分かりましたから研究長」

無理やり遮った。

「それより、異動の話ですよ。どうして了承しちゃったんですか？　研究長も私の研究、知ってるのに」

『研究費が足りないんだよ。悪いな』

「研究費」

『上の人間が言っててなぁ──技研《ぎけん》の知識や技術をもう少し広める努力をしろだと』

研究長はその愛らしい声に似合わない悪辣な口調で語る。

技研《ぎけん》だけが知識を保有するのは適切ではない、と上は思ったそうだ。

正論だが迷惑な話である。

『で、まぁ私としては不本意だったわけだが、君を推薦しといたわけだ。予算もくれるというし、一石二鳥だろう？』

「……研究長、私を売ったんですか」

『売ったなんて人聞きの悪い。ただ私は、予算の増額を対価に異動を了承しただけだ』

「それは売ったのと何が違うんでしょうか⁉」

研究長は黙った。

「それと——目的は研究費だけじゃないですよね？　何せ『カローン』は唯一反動《リバウンド》なしでクロノスを使える部隊ですから。本当はそれが目当てなんでしょう？」

カローンのもう一つの特徴として知られているのは、特殊生物兵器であるクロノスを反動無しで使えることだ。だからこそ最強の名をほしいままにしているのである。

クロノスについて研究している研究長にとって、これほど興味の湧く存在はない。色々と探ってこいということだろう。

「自分が行きたくないからって……」

『ま、それはともかく』

研究長は露骨に話を逸《そ》らした。

『実地試験だとでも思って楽しんできたまえ。《勇者》を間近で見ることは君の研究にも役立つはずだ——それじゃあカグヤ、健闘を』

「あっちょっと研究長——！」

そして電話は切られてしまった。

通話を一方的に切られ、カグヤはため息を吐《つ》く。

「ったく……勝手すぎるのよ研究長は」

端末を少し睨《にら》んで呟《つぶや》いた。

「というか、上って言ったって二十歳くらいじゃない。年齢はほとんど変わんないってのに」

殲滅軍《せんめつぐん》の実働部隊は、下は十二から上は二十歳までの超若年組織だ。

かつて所属していた大人達の活躍で、世間に隠蔽されつつもその存在や資金は保障されているが、それでも非常に不安定。一応軍とは言っているが、階級などもあまり意味を成さない。

（所属しているほとんどの人間も《勇者》に家族を殺された孤児だしね――）

殲滅軍《せんめつぐん》は世間には大規模孤児院として知られている。学校なども併設されているため、一見「普通の」子供達だ。

だが、結局は子供の集まり。

しかも相手は、社会の主人公である「大人」には見えない敵。ギリギリの状態で運営されているといってもよかった。

「……本当にこのままでいいのかしら」

何か手を打たないといけない。大人のほとんどに認知されないまま殺戮《さつりく》を繰り返す化け物を、現状に都度対処するだけでいいはずがない。

それを理解しない戦闘兵科。今からそこに行くのだと思ってカグヤは大きなため息を吐《つ》いた。

「というか、さっきから誰も来ないけど本当にここでいいの？　もう三十分も過ぎてるけど」

研究長は技術兵科の寮に迎えを寄越したと言っていた。待ち合わせの時間は午前九時と聞いていたが、もう九時半だ。

「待ち合わせの時間はとっくに過ぎてるのに、迎えっていつになったら――」

「――あーごめんごめん、遅くなったね」

端末の向こうから凛《りん》とした女性の声がして、カグヤははっと顔を上げる。

慌てて端末を仕舞う。髪先を薄緑に染めたボーイッシュな美女が、潑剌《はつらつ》と笑って待っていた。

「第二技研《ぎけん》の研究長から話は聞いてるよ。待ち合わせまで三十分もあるのに、早いんだね」

「……三十分？」

「十時の待ち合わせでしょ？　あいつの部下にしちゃよく出来るじゃない――って、あいつの部下だから、か」

研究長が待ち合わせ時間を間違えていたらしかった。遅い方に間違えられなくてよかったとカグヤは思った。

「えっと、技術研究所のシノハラ・カグヤ中尉だよね？　私は『カローン』の後方支援部隊隊長のミライ・ユミ。階級は少佐。よろしくね」

「よろしく、お願いします……あの、」

気になったことをどうしても尋ねずにはいられない性質《たち》だ。

「不躾《ぶしつけ》ですけど、成人……されてますよね？」

「ああうん、そうだよ。今年で二十一になる」

あっさりと言われた言葉に、カグヤは戸惑った。二十一となれば、《勇者》なんかとっくに見えなくなっている頃だ。どうしてここにという言葉を言えないでいると、ミライ少佐は何を勘違いしたのか急にに悪戯《いたずら》っぽい目になった。

「あはは、ひょっとしてもう少し上に見えた？」

「えっ⁉　ちょっそんなつもりは……」

「あはは、冗談よ」

ミライ少佐は磊落《らいらく》に笑った。

「でも、嫌じゃないよ。年上に見られるってことはそれだけ苦楽を重ねたってことだからね」

ミライ少佐の平然とした答えにカグヤは呆気《あっけ》にとられる。

「いえ……ただ、《勇者》が見えていらっしゃらないのではないかと……」

「ああ――皆同じ反応するね。けど私が何か特別なわけじゃないよ。ちゃんと見えて、い、な、い」

「見えていない……」

「私は見えなくなっちゃったから直接戦闘には関われないけど、それまでに出来ることはあるでしょう？」

既に成人である彼女は《勇者》の姿は分からないし、《勇者》が出ている映像を見ても見えることもない。だがその記憶があるため、実行部隊であるカローンの後方支援を行う。

「政府や議会に食い込んでる仲間もいるし、私みたいな人は多いんだよ？」

「そう――なんですね」

少佐は朗らかに笑った。保護者のような表情だ。カグヤはほっとしたような顔をした。

ミライ少佐は異動に伴い、カグヤを戦闘兵科の軍人寮に案内する役目だ。車高の低い私用車の運転席に乗り込みながら、はきはきと言う。

「必要な事務手続きは全部済ませてる。必要書類や情報は、これから行く先にあるわ」

「ありがとうございます。そして研究長のせいでご迷惑をおかけして……」

「ああ、いいよ別に。長い付き合いだからね、あいつの横暴には慣れてる」

ひらりと軽く手を振るミライ。その手には何かの傷跡が。彼女も現役時代は歴戦だったのだろう、とカグヤは思った。

「って、そうだ中尉。研究長といえばさ」

声の調子は変わらないまま、ミライはハンドルを指でトントンと叩《たた》いて言う。

「随分と一方的だけどさ、今回の異動、大丈夫だったの？」

少し、眉を顰《ひそ》める。そっと隣を窺《うかが》えば、笑顔を消したミライ少佐がいた。

「貴女《あなた》の役割はまぁ……技術供与、ってことになるんだけどさ」

「技術供与――確かに、そうですね」

「貴女《あなた》がこれから行くところは、軍で重要監視対象となっている場所だよ。戦闘の才能はあるけど、その分《勇者》への怒りや憎しみはデカい。その憎しみに呑《の》まれたりしないかい？」

ミライ少佐の声に責める響きはなかった。ただ、確認しているというだけだ。

「第二技研《ぎけん》の研究長は私の腐れ縁で、あいつのめちゃくちゃさもよく知ってる。だから中尉の今回の異動が、本当は予算稼ぎだってのも知ってる」

「ああ……」

「それに、正直私はこういうのは好きじゃない。売ってるみたいになるもの。嫌なら私からあいつに言っておくよ？　どうする？」

ミライ少佐の声音《こわね》は優しく、辞退を迫る意地悪さもなかった。

「そもそも前線基地だしね。研究者である貴女《あなた》が無理に行く必要もないわけだし。なんか研究もしてたんでしょ？」

「そうですけど――」

カグヤは助手席で腕を組み唸《うな》った。

その通りだ。カグヤは《勇者》を人間に戻す研究をしていて、そのタイムリミットもある中、今こんな関係ない部署に行ってる暇はない。しかも隊長はあんな奴《やつ》だし。

けれどどこれはある意味チャンスではないか、とカグヤは思い直したのだ。

「少佐。私にとってもこの異動は利があるお話なんです」

そうして彼女は、視線を何処《どこ》かへとやる。まるで昔の思い出でも語るかのような顔で。

「《勇者》はまだ分からないことが多い。けれど、《勇者》と直接対面する機会は本当に少ない。それに『カローン』は他とは違う部隊と聞きました。だから、近いところで実《じっ》け――観察できる状況はまさに理想の環境なんですよ」

「なるほ――ん？　今実験って言いかけた？」

「言ったかもしれないし言ってないかもしれません」

言ったけれど。

「とにかく、嫌だというわけじゃないんですよ。あの隊長はきら――意見が合わなさそうですが、私も一度くらいは《勇者》に会ってみたいし」

ミライ少佐はその言葉を聞くと、きょとんと首を傾《かし》げた。

「……えっと、貴女《あなた》も《勇者》に家族を殺された一人だって聞いてたんだけど……」

「？　その通りですよ？」

幼い頃に親を《勇者》に殺されたのは本当だ。けれど何故《なぜ》その話が今出てくるのだろう。

きょとんとするカグヤに対し、ミライ少佐は呆《あき》れたように笑った。

「妙な子もいたものね。《勇者》に対して恨みはないの？」

「恨み――は、あまり……ありませんけど」

ふっと脳裏に浮かんだのは、あの時の光景。

絶望と悲痛の声と、――彼の背中。醜い化け物になってしまった彼の。

振り払うように、カグヤは頭を振る。

「でも、《勇者》を殺すだけという今の方法ではいずれ限界が来ます。だってもし処理能力を超える存在が出てきたら破綻してしまうし。その前に別の方法を探るのも、《勇者》対策にはなるかと思いますよ」

「……なるほどね」

ミライ少佐は何故《なぜ》か、少し笑ったようだった。両手でハンドルを握り直す。

「研究長《あいつ》も意外と侮《あなど》れない。シノハラ中尉、貴女《あなた》の今回の異動は正解だったのかもしれないわ」

「はい？　どういうことですか？」

「こりゃあ面白くなりそうだ、ってこと！」

吹き飛ばすように、少佐はハンドルをパシッと両手で叩《たた》く。

「――じゃ、時間も押してるし、そろそろ行こうか」

「は、はい」

苦笑するカグヤの傍《かたわ》ら、ミライはアクセルを踏む。そのまま全体重を――

「……って、えっなんでそんな初っ端《しょぱな》からアクセルベタ踏み――あああああ!!」

カグヤの悲鳴が道路に響き渡った。

・・・

千葉県某所。戦闘兵科の隊舎の多くは、《勇者》により更地になった場所に建てられている。

戦闘兵科特別編成小隊──「カローン」の隊舎は、かつて船橋《ふなばし》市と呼ばれていた場所に存在していた。

燃え焦げ、溶かされ、沈められ壊されて、草木も生えなくなった街。強力な《勇者》の暴走で数万人が死んだ六年前の事件以降、復興の目途も立っていない。

その一角に車は停《と》まった。

車から降りるよう指示され、だが降りたのはカグヤだけだ。ミライは車にとどまっている。

片腕をハンドルにかけたままの彼女は、運転席の窓から腕を出して隊舎の方を指差す。

「その建物の、一番手前の扉。じゃ、今後は通信で。よろしくね」

「あ──はい。宜《よろ》しくお願い致します」

車がけたたましく去っていくエンジン音に背を向け、カグヤは目の前の隊舎を見上げる。

カローンの隊舎は機動力と住環境を重視した三階建ての、レンガ風の近代建築の建物だ。元はマンションだったらしい建物で、入口は一つ、上質なガラスドア。十代の少年少女にしては破格の扱いである。

千葉県北部はもはや人の住めない荒地に成り果てているが、ここはまだ随分とマシなようだ。人が生きていけるだけの水と空気、問題ない程度の通信環境、人が十数人生活するだけの電力の余裕があるのだから。

やけに重い扉の取手を押し開いて、カグヤは思う。隊舎の外観は美しいが、十数人が生活するにしては、随分と周囲の設備が殺風景過ぎた。

「……どんな人達なんだろう。『カローン』って」

カローン。《勇者》殺しの精鋭部隊で、六年前の崩壊の生き残り。

隊の全員が、《勇者》を殺すことに特化した戦士だ。

そして、『武器』を正しく扱う権利を持つ唯一の存在。

「いや、二人は会ったか。あのサクラって子と、あの無茶苦茶なやつ……」

昨日会った偉そうな隊長を思い出してイラッとした。

「ったく、人を馬鹿にするにもほどがある」

隊《カローン》のメンバーが集まる集会室は三階にあると、車の中でカグヤは聞いた。

三階に唯一存在する大きな部屋の扉。インターホンまでは無かった。出迎えがない以上、こちらから出向くしかない。

連絡入れた方がよかったかな、とカグヤは少しだけ思った。

サクラと名乗った少女の番号だけは聞いている。

「まぁ……いいか。伝わってるでしょうし」

構わず二回ノックをする。少し間が空いて、向かって来る足音が聞こえた。

カグヤは思わず姿勢を正した。最も緊張する瞬間。

ガチャリと扉が開かれる――そこに立っていたのは、アズマでもサクラでもなかった。

腰まである綺麗《きれい》な黒い髪に、朱色がかった猫のような瞳を持つ、派手な印象の少女だ。カグヤの顔を見るなり、彼女の顔は驚きに染まる。

「……ひょっとして、シノハラ・カグヤ技術中尉？」

「え、ええ。本日より配属されました、シノハラ・カグヤです。よろしくお願いしま──」

「あーそっか。今日だっけ？」

怠《だる》そうな声で面倒くさそうに言われる。

「忘れてたわ。ごめんごめん」

「忘れてたって……」

とても軍人とは思えない、態度の悪いギャルみたいな喋《しゃべ》り方。

カグヤは少し眉を顰《ひそ》めた。純粋に失礼である。

「えーと、本当にここって『カローン』主基地で合ってますよね？　正式な辞令もあるし、今日から異動になったってことも伝わってるはずですけど」

「私は聞いてないっての。アズマと一緒に来てよめんどくさいなあ」

「はぁ……？」

アズマに続けて嫌な奴《やつ》が現れた。

「あのっ、私は──」

「──シノハラ・カグヤ中尉か」

静かな声が背中を襲い、遮られる。

振り返れば昨日も見た顔。アズマ・ユーリ大尉だった。

アイスシルバーの髪に、暗闇を凝縮したような昏《くら》い瞳。不健康そうな青白い肌。今にも死にそうである。

アズマは突っ立っているカグヤに視線を向けて、心底面倒そうに目を細めた。

「技研《ぎけん》のくせにわざわざこんなところまで来るとは、物好きな……」

「……お褒めの言葉、恐縮です。大尉」

「褒めてない。第二技研《ぎけん》から聞いたぞ。お前の研究とやら」

アズマ大尉は目を細める。

「技研《ぎけん》で行っている開発プロジェクトのほかにもう一つ、随分と興味深いものがあるな。反魂《はんごん》研究——だったか？」

カグヤは目を見張った。

たった一晩で調べたのか。カグヤは感心した。

「いいか。《勇者》は確かに元人間だ。だが、『元』だ。元に戻そうなんていう考え方は俺は受け入れられない」

どこか苦々しい顔で。

「《勇者》と人間が分かり合うことなどありえない。生者と死者が分かり合うことがないようになな」

「……だから『反魂《はんごん》』なんですよ大尉。死者を生者に戻す——これが私の使命です」

「それに、そちらのやり方に干渉する気もありませんし。思想を強制する気もないので、そんなに構えないでください」

無駄なことに時間を取られるのはカグヤが最も嫌うところだ。

「程良い距離を保ちましょうね。大尉」

「まあ……それならいいが」

アズマは何かのやり場に困ったのか、視線を意味もなく左右に揺らめかせる。その様子から、何かの意図を挫《くじ》いてしまったことにカグヤは気付いた。

「あ、すみません大尉。ひょっとして私に何かしらの嫌味を言うつもりだったんですかね？　私昔から空気読めないって言われがちでして」

「分かってて言ってるだろう貴様……」

アズマ大尉がぎろりとこちらを睨《にら》んだ。ぴり、と空気が緊張する。

技術中尉、と後ろから呼ばれた。

振り返ると、桜色のショートヘアの少女、サクラが気まずそうに笑っている。

「ごめんね。アズマの奴《やつ》いつもこんなだから。気にしないでいいよ」

「……はあ」

　ここで自分が大人にならなければならない――と、カグヤはそう思った。

　何せ相手は戦闘兵科だ。きっとこれからこういう場面も増えてくるだろうし、その度にいちいち相手をしていたらキリがない。

　カグヤはにっこり笑って右手を差し出した。握手の構えだ。

「違う立場ではありますが、抱く意思は同じですからね。出来るだけ喧嘩《けんか》はせず、これからよろしくお願いします、アズマ大《たい》――」

「ふん」

　と、鼻で嗤《わら》われた。

　まるで見下すかのような表情に、カグヤは笑顔のまま固まる。瞳が歪《ゆが》み、まるで侮蔑と嫌悪《けんお》をそのまま表しているかのようだった。

　そんなカグヤに気付いてか気付かずか、アズマは偉そうに言い捨てる。

「まあそこまで言うなら仕方ない。よろしくな、中尉」

　そして握手を求める手すら取らず、一瞥《いちべつ》もくれず去っていくアズマ。

　残されたのは、余所《よそ》行《い》きの笑顔を張り付けたまま静かにキレているカグヤ。

「…………」

「……えっと、技術中尉？　大丈夫？」

「教えてください……！」

迫力のある声に、桜色の少女はびくっと身を震わせる。

「アズマ大尉——いえあのアクマ大尉が一番嫌がることを……全て教えてください……！」

アクマ大尉という呼び名にその場の面々がざわざわとする。

少しして、サクラが笑い出した。

爽やかな笑い声が部屋に響く。

「アクマ大尉って、面白いこと言うんだね」

部屋の雰囲気が少しだけ柔らかくなった。その笑顔のまま、サクラは続ける。

「機械に弱いんだあいつは。覚えとくといいよ」

機械に弱い。それはいいことを聞いた——とカグヤは昏《くら》く笑う。

その表情を知ってか知らずか、サクラはこう言った。

「ようこそ『カローン』へ。歓迎するよ、中尉」

一—三

カローンは一つの戦隊だが、実のところ人数はさほど多くはない。

アズマを含め十数人といったところだ。明らかに小隊クラスだが、扱いは一個戦隊と変わらない。何故《なぜ》なら戦闘力・処理能力に関しては、他の数十人以上の戦隊と変わらないからだ。

（六年前の事件で生き残った人材――）

そして、「クロノス」を扱える。その戦闘の目覚ましさは記憶に新しい。

（どうして生き残ったのか、誰も原因を特定できていないらしいし。それが分かれば――）

「ちょっとカグヤちゃん。聞いてる？」

えっ、と振り返った。サクラの困り顔が視界に入り、我を取り戻す。

「す、すみません。何の話でしたっけ」

「もう。カローン《うち》は人数が少ないから、カグヤちゃんもいつも基地に居られるってわけじゃないって話だよ」

「あ――そうだった、私の処遇についてですね」

カローンで彼女に声をかけてくれたのはなんとこの少女だけだった。もともと面倒見が良い人らしい。

「私も直接前線に出ることがあるってことですか？」

「そういうこともある、ってこと。たまに本当にやばいのが出た時は総力戦になるから。まあ、まずそんなことはあり得ないから安心してよ」

カグヤは二人の少女と同室になった。

一人はサクラで、もう一人は最初に会った怠惰ギャル、つまりアサハル・コユキ少尉だ。

『はあ？　こんな頭固そうな人と同室とか絶対イヤ』と初手で言ってきた彼女のことを、カグヤもあまり好きになれていない。

「ところでカグヤちゃん、その紙の束は何かな？」

「ん？　ああこれはね、二階の資料室にあったカローンの戦闘記録」

「分析結果？」

「そ。これまでの戦闘時間、《勇者》の特徴、心臓部の場所。そういったデータを纏《まと》めて傾向を分析してるんです。何故《なぜ》か全部紙媒体だったから、後でデジタルに落とすけど」

「……なんでそんなことを？」

サクラは首を傾《かし》げる。

「もう終わったことなんか調べてどうするのさ。何か役に立つわけでもないし……」

「え。いやいや、そんなことはないですよ」

カグヤは驚いてサクラを振り返った。カグヤにしてみれば信じられない言葉だった。

「確かに《勇者》は分からないことだらけで、共通点も元人間であることと顔が黒いことくらいしかないけど、他に調べたらもっと分かることも多いはずですし。特にここは前線なんだから、新鮮なデータがいくらでも手に入ります。使わないと勿体《もったい》ないですよ」

「はぁ……？」

サクラはいまいち分かっていない様子で明後日《あさって》の方を見る。

「過去のことって、私達あんまり気にしないからなぁ。あいつら、顔のアレがなかったら共通点なくて分からないし、能力や大きさにも法則性ないし。意味があるとは思えないんだけど」

「う……でも、どんな奴《やつ》かは分かるじゃないですか。別の弱点があるかもしれないし」

そうかなぁ、といまいち腑《ふ》に落ちない様子のサクラ。

そんな意識なのか、とカグヤは眩暈《めまい》がした。貴重なデータなのに、時系列ごとにファイリングもせず雑に置き散らされていた理由が分かった。

(というか、管轄のミライ少佐はいつも何してるの⁉　戦闘記録の提出とかしないわけ⁉)

技研《ぎけん》では少なくとも日報義務があった。

(あっでもそうか、少佐はもう見えないから、記録を提出しても意味がない)

じゃあアズマの責任じゃないかとカグヤは思った。

(紛失したデータも少なくないだろうし、この分じゃ正しく記録されてるかどうか……《勇者》の過去の記録を見れば少しは何か分かるかと思ったのにこれは……)

ガチャ、と部屋の扉が開いたのはその時だ。見ればコユキ。アサハル・コユキ少尉だった。

何故《なぜ》か疲れている様子の彼女に、サクラが声をかける。

「コユキ、おかえ——うわっぷ!」

「サクラァ!　疲れたよー!」

「コユキ……重い……‼」

重いって何よーと言いつつ、飛びついてきたコユキはサクラの上から退く。綺麗《きれい》な黒髪がさらりとサクラの頬を撫《な》でた。

　サクラと同室であるこのコユキが、カグヤは苦手だ。見た目は黒髪の清楚《せいそ》な美少女だが、言動は少し棘《とげ》があって合わない。好き嫌いがはっきりしており、そしてコユキにとってカグヤはだいぶ「嫌い」寄りにあるらしかった。

「あ、そういやシノハラさんもいたんだっけ？　おつかれー」

　明らかにお疲れなどとは思っていない素っ気ない声で、適当にあしらわれる。

「まあ疲れるようなことしてなさそうだけどね」

　その一言にカグヤは聞こえなかった振りをした。

「ていうか、どこ行ってたの？　コユキ」

「リンドウとかアズマとトランプ」

　トランプといってもババ抜きのような遊びではないだろうな、とカグヤは思った。

「てーかシノハラさん、それ何やってんの？」

　コユキがカグヤの紙束に気付いた。

「えっと。これまでの戦闘記録。メモみたいな感じだけど、デジタルに直して分析するんです」

「……なんで？」

　コユキもやはり、理解できないようだった。

「意味のないことするね。昔のことなんか振り返ってなんになるの？　いっつもそんなことしてるわけ？」

「あーうん……まあ色々と役には立つのよ」

価値観の違いというやつだ。カグヤにとっては重要なことでも、現場の人間にとっては些末《さまつ》な問題らしい。

（まあ……今更色々言っても仕方ないか）

カグヤは割り切っていた。カローンにはサクラのように仲の良い人はいるが、仲が良いだけだ。自分の人生の中で重要な人にはならないし、相手にとってもそうだろう。

いつまでもカローンにいるわけでもない。無難にしていればいいだろうと思っていた。

その時、ぬるりとコユキに続いて入ってきた影があった。明るいシルバーの髪の少年。

「あ。アズマさん」

「あ、じゃない。中尉貴様、今朝隊舎の俺の部屋の目覚ましを一時間早く設定しただろう」

カグヤは肩を竦《すく》める。洋画の登場人物のように。

「全く、今度は冤罪《えんざい》ですか？　私がアズマさんの部屋に出入りできるわけがないでしょう？言いがかりもここまでくると——」

「俺の端末にアクセスした痕跡があった」

「……」

ここで言う端末とは、軍が一人一台支給している専用端末だ。録音、目覚まし、話し相手、その他諸々《たもろもろ》の機能が付いている。ネットにも繋《つな》がるので便利だ。

「そのアクセスをしたのがどうして私だと」

「アサハル少尉が証言した」

ぱっと彼女を振り向くと、彼女は顔を逸《そ》らした。

「どうやってパスワードを割ったのか……意味の分からんことをするな。せめて無難でいろ」

「……無難、ですか」

つい先ほど思っていたことを言われてしまった。カグヤはふんと顔を逸《そ》らす。

「確かにそうですが、これは私にとっては意味のないことではありませんので」

言い返すカグヤを、アズマは軽く睨《にら》む。だがすぐにため息を吐いた。

「……まぁそんなことはいい。もうコユキから聞いただろう？」

「何をですか？」

「聞いてないのか？」

カグヤは首を横に振った。

一瞬沈黙が落ちて、アズマがコユキに目を向けた。コユキは気まずそうに顔を逸《そ》らした。

アズマは再びため息を吐《つ》く。

「……カローンは他の部隊より人が少ないのは知っているだろう」

「はあ」

「だからいくら元技研《ぎけん》だといっても、ここに来た以上は戦力として扱う。つまり前線に出てもらう——というのをコユキに伝言したはずだ」

コユキはそっぽを向いたままだった。ほんと何がしたいのか分からない子だ。

サクラがアズマに口を挟む。

「え。前線に……カグヤちゃんが？　クロノス使えないのに？」

「使えないというわけではないだろうサクラ。ただ、使うと反動《リバウンド》が起こるだけで」

「『だけ』って、それで死者も出ているんだよアズマ。必要ない犠牲を出すべきじゃない」

「だが他の部隊はそれを承知で戦っている。彼女ばかり例外というわけにはいかない」

サクラは言葉に詰まったようだった。

だがサクラの言葉も的を射ている。確かに、死ぬ可能性は飛躍的に上がるのだ。

「当然だが、貴女《あなた》は真っ先に死ぬ可能性が高い。俺達のようにクロノスをうまく扱えないから。もし嫌なら技研《ぎけん》に帰って——」

「わかりました。前線に出ます」

死ぬ可能性が高いのに——カグヤは不敵な笑みを浮かべ、瞳を妖《あや》しく光らせて言った。

「実はそれ、私も考えていたことなんです。せっかくここまで来てるのに、後ろで研究するだけじゃ何も変わらないなって。でも前線を邪魔するのもなんだし、我慢しなきゃって思ってたんですけど。隊長のお墨付きなら遠慮なく行けますね」

「……はぁ？」

顔を顰《しか》めるアズマ。

「お前……何言ってるか分かってるのか？　死ぬかもしれないと言ってるんだ。お前の言う研究とやらも出来なくなるんじゃないのか」

「そうですが……それは対価となるものではありません」

カグヤは意志を固めたようにアズマをまっすぐ見る。

「どうせ私はあと数年もすれば見えなくなってしまうんです。急に何かあった時の保険もかけてあります。寧《むし》ろここで怯《おび》えて尻込みする方がデメリットだと思うので」

沈黙が落ちた部屋の中で、一番に反応したのはコユキだった。

「はあああこれだからほんっとに技研《ぎけん》の奴《やつ》ってのは。何も聞いてなかったわけ？」

立ち上がってカグヤに抗議したのはあの怠惰ギャルだ。

「アンタは私達とは違う。真っ先に死ぬだろうし、こっちも足手纏《あしでまと》いを庇《かば》って戦う余裕なんてない。誰もアンタには構わないから、別に迷惑ってほどじゃないけどさ。死んでも技研《ぎけん》に責任取らないからね！」

「ご心配なく。うちの研究長は、私が死んでも結果を持ち帰ってくれれば喜んでくれると思いますから」

《勇者》に関わる事実を何か一つでも持ち帰ることが出来れば、それは結果であり成果だ。それで死んでも——死にたくはないが、無駄死にではない。

コユキは黙った。

「……それで死んでもいい、っていうわけ？」

「いいというわけじゃありませんが、でも皆さんもやってることでしょう？」

ふん、とコユキはつまらなさそうに言う。

「ま、別にどーでもいいけどね。誰がどう死んでもおかしくない——そういう場所に、わざわざ行きたがるってんなら止めないわ」

止めないと言いつつ忠告はする。

そんな彼女は実は結構優しいのでは？　とカグヤは少しだけ思った。

「その代わり！　目の前でアンタが死にそうになっても助けてなんてやらないからね！」

「大丈夫です。私より録音を護《まも》っていただければそれで」

バカなのこいつ——と、コユキの視線は饒舌《じょうぜつ》に語っていた。

「そもそも！　シノハラ中尉は技研《ぎけん》の人間でしょ。いくらアズマでも、前線に行かせるなんて命令、許可が下りるわけない」

コユキの言葉に、アズマははっとしたようだった。

「……確かに」

「って、独断だったんですかアズマさん……」

カグヤは呆《あき》れたように突っ込む。その瞳に、もはや先ほどまでの妖《あや》しさはなかった。

「ま、そりゃ下りるわけないですよねぇ。私は結局ただの研究員でしかないんだし」

そう——そんな無茶苦茶な辞令、上の許可が下りるわけがないのだ。だからアズマの辞令も本当は無効になるはずだが——


——下りてしまった。

暖かい春の午後。暗く無機質な兵員輸送トラックの中。白い目で見られながらも、カグヤは緊張かつ興奮して揺られている。

目的地は東都《とうと》西部七区、《勇者》出現第一報より既に十五分経過。

「本当に下りるとはね……向こうも何考えてんだかねぇ」

サクラがどこか呆《あき》れた様子で言った。

「本当にいいの？　私達の任務は敵を倒すことでカグヤちゃんを護《まも》ることじゃないから、何かあっても責任取れないよ？」

「大丈夫、承知の上。それに、初等訓練で武器も扱ったことあります。普通の武器ですけど」

「そ、そう……」

カグヤに支給された「武器」は、拳銃型クロノスだ。カグヤが拳銃しか使ったことがないから、というものだったが、両手に持ってもかなり重い。

「にしてもこれ……知ってはいたけど凄《すご》い見た目ですね」

「そうでしょ？　《勇者》素材で造るとどうしてもこんな感じになっちゃうらしいんだよね」

拳銃は通常の見た目をしていなかった。

よくある黒光りする拳銃とは違い、生きている。濁ったような色で、銃身は脈打っていた。

《勇者》から造られた武器だ。その武器を少し眺めて、カグヤは呟《つぶや》く。

「これ解体しちゃ駄目かなぁ」

「いいけど今やると死ぬと思うよ」

サクラの言葉を聞きながら、カグヤは弾倉を確認する。弾は六発入っていた。

六発。カグヤにとっては心許《こころもと》ない数だ。

録音機を取り出す。それをサクラに見せた。

「サクラ。私にもしものことがあったら——その時はこの録音機だけでも回収してくださいね。最前線の録音データなんて研究長が泣いて喜びます」

「……まぁ、尽力するよ」

張り詰めた空気が少しの間続いて、それが破られたのは十分にも満たない頃だった。

「前方十三メートル地点に反応アリ！」

嫌でも警戒心が引き上げられる。周囲のベテラン達もともに。

「敵性個体目視！　会敵します！」

周囲のメンバーの空気が変わったように思えた。全員の目が妖しくぎらついている。

急ハンドル。右に大きく曲がろうとした車のタイヤが地面から離れ、転倒――

誰かの舌打ちが聞こえた。アズマが何かを叫ぼうとして、

「前方から――あがっ！」

言葉の途中で輸送トラックが飛んだ。

跳ねたのではない。空を飛んだのだ。もちろん羽根などないからあとは落ちていくだけだ。

何があったかなど誰も分からない。ただ全員が重力と遠心力に翻弄され、洗濯機の中みたいにぐるぐるになって落ちていく。

「――ッ!!」

意識を失うかと思った。

ぎりぎりで意識を保つ傍《かたわ》ら、アズマ大尉が指示しているのが聞こえる。姿勢を低くしろ。コユキ、火器に気を配れ。サクラ、避難機構を発動しろ。

避難機構発動。輸送トラックの底が抜けた。

一瞬何が起こったのか全く分からなかった。全員が空中に放り出される。

「な、あ――」

「カグヤちゃん！」

サクラに抱き留められていなかったらどうなっていたか分からない。ちなみに彼女は足腰がとても強いのか、一人分の体重を抱えて無事に着地していた。

「なっ何が……今のは……」

「避難機構だよ。車に何かあった時は車の底が抜けてバラバラになるんだ」

「私の知ってる避難機構と違う……！」

その後ろで車が爆発炎上した。何かの攻撃が当たったらしい。

場所は府中本町《ふちゅうほんまち》──民間の研究所があるだだっ広い土地。研究所で働く者達の家族がその近辺の住宅街に住んでいるが、不発弾という名目で全員避難しているため現在は無人だ。

その住宅街に奴《やつ》はいた。姿は遠く小さいが、それが人間でないことは何故《なぜ》か理解できる。

全員が構えた。それぞれ物陰に散り、相手の出方を伺う。相手は動きを見せないが──

「──ッ⁉」

急に、怖気《おぞけ》が全身を襲った。

視界の上は何も変化はなく、動きもない。春の天気の良い昼日中《ひるひなか》、一見平和にも見える空間が強く緊張している。だがその明確な根拠は説明できなかった。

何かを察した部隊員が息を呑《の》む。同時に、空気を切り裂く音がする。稲妻のような音が。今から何かが起こるという感覚が──来る。

「伏せろ‼」叫び声が聞こえて反応する前に伏せた。その頭上をごうっ、と何かが通る音。

風の余韻と、余熱。明滅する視界。

「何——光、いや衝撃波……!?」

衝撃波か風か光か。形容するならおそらく質量と熱と破壊力を伴った光線といったものだ。カグヤはほとんど見たことはないが、知識としては知っている。あれに似ていた。必殺技の光線ビーム。

カグヤも他の隊員も同時にそちらに身体《からだ》を向けた。わざわざ確かめる必要もない。緊張の原因はそれだと如実《にょじつ》に分かる存在が。

【シャアアあああああ!!】

《勇者》特有の蟲《むし》の翅音《はおと》のような怪声を上げる、しかしその声に全くそぐわない姿。

い、い、が、い、ヒーローが居た。

休日朝の番組で見るようなスーツを纏《まと》ったヒーローが、顔を黒く塗り潰されて前方五メートルほどに立っていたのだ。両手をこちらに構えている。間違いない、奴《やつ》こそが《勇者》。

「あれ、が——」

池袋の映像で見た《勇者》と違って、人間のような姿にも見えた。けれど身長は三メートルほどもあり、人間でないことは明らかだ。

あの光線はどこから。あの熱は。

見ている間に、右腕に光が集まっていく。説明などなかったが誰もが気付いた。

勇者出現

???

(??)

出現場所：府中本町

個体：《戦士型《タンク》》と推定

特撮番組の正義のヒーローのような見た目をした《勇者》。その腕に高エネルギーを収束させ、目にもとまらぬ速さで悪を滅ぼすビームを放つ。これはごっこ遊びではない。れっきとした殺戮だ。
さあ、覚悟しろ、わるものども。

HERO-SYNDROME

　──来る。

『散開!!』

　通信網に飛ぶ声とともに、カグヤを含む全員がその場を離れた。同じ光線が空を駆ける。

『戦士型《タンク》だ。それも池袋の奴《やつ》より速い！』

　誰かが叫んだ。戦士型《タンク》、カグヤはもちろん知っている。小細工より力押しで戦うタイプの《勇者》。熱線がすぐ横を貫いていき、カグヤは小さく息を呑《の》んだ。

　思わず振り返ると、十メートルも遠くに着弾している。とんでもない威力と速度だった。その着弾地点をよく見て、カグヤは目を丸くする。

（地面が──ほとんど焦げてない？）

　これだけの高エネルギー体にも拘《かか》わらず、地面は大して傷ついていない。あれほどの質量と熱を持っていたなら、焦げて吹き飛んでもおかしくないのに。

（まさか、これは……⁉）

　見た目だけの攻撃。

　それだけではない。カグヤはその着弾地点に何かがいるのを見た。

　人間の形をしていた──だが、人間でないのは明らか。《勇者》とは違う小さな何かが。

　ある可能性に気づき、カグヤは通信機に叫んだ。

「だ──駄目です散開しては！」

個々に散らばるのは悪手《あくしゅ》だ。

しかしカグヤのその声は、まだ誰にも届かない。アズマが何も聞こえなかったかのように指示を出す。

『七区北北西、《勇者》を発見。これより排除に移る。コユキ、牽制《けんせい》砲撃!!』

遠方から着弾。《勇者》の周囲が爆《は》ぜていく。待機していたコユキの砲撃だ。

コユキの使う武器《クロノス》は遠距離型のライフルだ。常に血を纏《まと》うように赤く光り、黒曜石のように黒い。威力は通常の武器とは比べ物にならず、一撃でその辺の道路も吹き飛ばす。

《勇者》は構わず突っ込んできた。それに合わせるように突っ込む十数の影、おそらくアズマ大尉を中心としたメンバーだ。

「アズマさん！」慌てて通信機に叫ぶ。

「待ってください！　見かけの攻撃に騙《だま》されてはいけない！　ですから――」

『何を言ってる中尉！　やり方に口は出さないと――』

「今そんなこと言ってる場合じゃないですよ！」

その時通信機が嫌な音を立てる。一瞬通信が切れたのだ。チッとアズマは舌打ちして、そのままリンドウに声をかけた。

『リンドウ、陽動頼む。俺は背後から行こう』

『了解』

少し笑ったような声とともに、二人は《勇者》を挟み撃ちにしようとする。

アズマは刀、リンドウは素手に装着されたメリケンサックだ。骨のようにゴツゴツしたその武器が《勇者》にダメージを与えていく。

『はっ！　見た目だけみたいだなぁ！　アズマ、お前の出番はないかもしれないぜ！』

一発、二発、三発。素手の威力とは思えない強さで打ち込まれる拳。武器の存在以上に、リンドウ自身のフィジカルによる強さだ。

純粋な打撃力なら小隊一であろう彼の拳が、《勇者》の顔を砕きかけた時。

【――アアアア！】

《勇者》が新しい動きを見せた。足を大きく開いて地面に片手をつき何かしら叫ぶ。

『なんっ――!?』

その地面がボコリと盛り上がり、数瞬もせずにいくつもの異形《いぎょう》が召喚された。それらが一斉に、アズマやリンドウ、他隊員達に襲い掛かる。

『な――!?　なんだこれは!?』

隊員はその全員が狼狽《ろうばい》していた。異形《いぎょう》は人間のようなシルエットをしていたが、人間より一回り大きく、そして全員が黒いタイツのようなものを着ている。

『戦隊ヒーローのくせに手下とは、なんでもアリだなおい！』

生物の姿はバラバラながらもそれぞれ強力な個体で、不意打ちだったのもありカローンのメンバーは苦戦している。

強力な相手を前に散開したものだから、個々への攻撃に対処しきれなかった。

「やっぱり見た目だけの――って、やばっ……！」

顔が闇に覆われた手下の一人が、カグヤに向かって走ってくる。非常に速く、すぐにカグヤの目の前まで来た。

急いで脈打つ銃を手にし、狙いを定める。当たる自信など一切ないが、この距離でこの大きさが外れるわけがない。引鉄《ひきがね》を引くだけで当たると信じて彼女は引鉄《ひきがね》を引いて。

「……え？」

そして、何も出なかった。

「……えっ⁉　ちょっと⁉」

カチッカチッ。何度引鉄《ひきがね》を引いても弾は一切出ない。弾は確認したはずなのに。

「ちょっと待ってなんで出ないっ……きゃあ！」

襲われ組み敷かれる――体重は人間とは比べものにならないほど重く、まだ脚に組み付かれただけなのにカグヤは転んで悲鳴を上げた。

脚が折れそうなほどの圧力だ。しかも手下の手には鋭い爪が付いており――絶体絶命の危機。

「――ッ‼」

腕で顔を庇《かば》い、思わず目を瞑《つぶ》った。その腕も引き裂かれようという時、ドォン！

という音がして乗っていた手下がいなくなった。

恐る恐る目を開けたカグヤは、そこにいる影を見て目を丸くする。

「サ、サクラ……」

武器を構えたサクラだった。

サクラの武器は棍《こん》。身長の二倍ほどもある棒状の武器を操り、手下を突き飛ばしたのである。

手足が長い彼女だからこそ扱える武器。手足のように容易《たやす》く操る彼女は様になっている。

「ありがとう――でも、どうして？」

「ちょうど進行方向に居たからぶっ飛ばしただけだよ」

サクラは油断なく棍《こん》を構え、腰を低く落とす。

「それより、さっきの話――」

サクラはちらりとカグヤを窺《うかが》った。

「見た目だけってどういうこと？　あんな攻撃なのに」

「ただのハッタリです。自分を強く見せて外敵を避ける――よくあることです」

カグヤは立ち上がり土を払う。

「カローンのこれまでの戦いでは、アズマさんやカローンが圧倒的でしたから戦いになっていたけど、今回は《勇者》側が上回ったみたいですね」

そして《勇者》は既に次の手を打っていた。

カローンの戦力の要《かなめ》であるアズマが集中的に狙われている。

そのアズマは三匹の手下に追われ、それらの全てを一瞬で斬り伏せた後、カグヤのすぐ近くに着地した。

「アズマ、さん」

アズマははぁはぁと肩で息をしていた。右肩が血濡《ぬ》れている。まるで万力《まんりき》で嚙《か》み付《つ》かれたような跡だった。

「け、怪我《けが》を……」

「ハッタリ、か」

アズマは低い、どこか悔しさを滲《にじ》ませる声でそう言った。

「勘違いするな。助けたのは仲間意識からじゃない。後で色々と聞かなきゃならないからだ」

アズマの言葉にカグヤは呆《あき》れたように口を開けた。

そのまま《勇者》に向かって飛び出した彼に、声をかける。

「気を付けて！　相手はまだ手札を残している可能性があります！」

『分かってる！　早めに片付ける！』

アズマはそして、左に構える刀を少し振った。こびりついていた返り血を落とし一度鞘《さや》に収めた後、駆ける。

アズマの専用武器は刀だ。生き物のように脈打つ刀はまるで妖刀のように、彼の意思にしか従わない。

【シャア！　ガァアアァ！　ギガあぁァ！】

『何言ってるのか分からんな』

走る勢いで抜刀──その勢いを利用し下からシュッと斬り込む。型通りの惚《ほ》れ惚《ぼ》れするような動きだった。

「す、ご……」カグヤは思わず呟《つぶや》く。

超接近戦はアズマの得意分野だ。恐るべき筋力と柔軟性で、アズマはほとんどタイムラグなく《勇者》を斬りつけていく。斬り込んだところから引き抜く動き、再び刃を突き立てるまでの数瞬のラグは軍靴《ぐんか》で蹴り付け、相手を寄せ付けない。《勇者》が再び手下を生もうとするその前に、再び斬りつけ攻撃を防ぐ。

弱点であるリーチの短さや破壊力の弱さは、アズマ自身のフィジカルでカバーしていた。接近戦ではまず敵無しと思わせる壮麗な戦いぶりだ。

「これが『カローン』……」

《勇者》は人間をゆうに超える戦闘力と耐久力の持ち主。それと渡り合えているのが彼等《かれら》。

「何か特別な筋肉の付き方をしてるわけでもないのにどうして……」

「アズマは特別なのさ」とサクラは笑った。

「一番速いのも、一番強いのもあいつだよ。《勇者》とあれだけ戦えるのもあいつだけ」

「そんな……」

カグヤは唖然《あぜん》として言った。努力や技術でどうにかなるレベルではない。生身の人間が熊かそれ以上の存在に挑むようなものだ。

《勇者》は元人間だが、その組成物質も構造も人間とは全く違う。

「……まさか、人間ではない、とか？」

一瞬考えてそれをすぐに打ち消す。彼等《かれら》はどう見ても人間だ。たとえ人間離れした戦闘力があるとしても。

【シャア！　ガァアアァ！　アアアギガあぁァ！】

《勇者》の腕が強く発光した。同時にアズマが後ろに飛び退《の》く。強烈なエネルギーが放出される予感だった。コユキの援護砲撃で逃れたが、彼は空に浮いたままだ。

「アズマさん!?　まさか――」

刀を両手に握り、刃《やいば》を下に向け、彼はそのまま着地するつもりだ。ひゅっと空《くう》を裂くような音がして、目の前に轟音《ごうおん》を立ててアズマ大尉が着地した。

刀に重心を傾け身体《からだ》の傷は最小限にして、――複数の部位を同時に接地させることで衝撃を和らげたのだろう。

「すご……生きてる……」

「当然だ」

何が当然なのだろうかとカグヤは思った。

「まあだいぶダメージは与えた。『卵』の位置も分かったし」

「……『卵』？」

唐突な言葉にカグヤは戸惑う。

「『卵』って、なんの話ですか？」

ちら、とアズマはカグヤに視線をやる。

「そういえば貴女《あなた》は知らなかったか。こちらでは《勇者》の心臓部をそう呼ぶんだ」

「……ええ？　どうして？　そんなの聞いたこともありません」

その問いに、アズマは答えなかった。

「俺は『卵』の位置がだいたい分かる。心臓部を突き止めるのは難しくない、ということだ」

「はい？」

どういうことだと言いかけた言葉をリンドウが遮る。

『んなこたどうでもいいだろ！　卵は⁉』

「腹。胃に相当する部分だ」

おおし、と叫んでリンドウは、ほとんど一足飛びで《勇者》に接近する。アズマとは逆に大振りに腕を振って《勇者》に抱き着いた。素手ではない、その指先には異形《いぎょう》のメリケンサック。

「動きが鈍いぞ化け物が！」

リンドウは胃を貫いた。ぐちゅりと嫌な音を立てて、胃から何か白い球体状のモノが飛び出る。あれが「卵」。確かに形状からはそう思える。

《勇者》は自らの命が危険に侵されているにも拘《かか》わらず、翅《はね》を擦《こす》り合《あ》わせる音で呟《つぶや》いた。

【ママ――ぐ、ぎあ――ア、シャア、ガ――】

「ママ……？」

卵と思《おぼ》しきモノがリンドウによって完全に引き出された。恐るべきことにその卵の周囲に肉が纏《まと》わりついており、元の肉体は引き抜かれた瞬間から粉になり滅び去っていく。が、《勇者》はそれを滅ぶに任せはしなかった。

発光――

「リンドウ！　逃げろ！」

爆発。

「――っ!?」

まるで怪人の最期《さいご》の瞬間のように。卵を奪う者を滅するために音を立てて爆発した。

リンドウは《勇者》から間一髪手を離し、致命傷は逃れている。だが怪我《けが》をしており、万全とは言えなかった。浅い傷だが、脚にダメージを負っている。何もかも吹き飛ぶような爆発に、前線にいたアズマやサクラも一瞬伏せた。遅れたのはカグヤだけだった。

「え……」

そしてそれは、偶然カグヤの目の前に落ちてきた。周りの肉を巻き込み再び《勇者》として再生しようとするそれに、カグヤは震える。《勇者》が目の前にいるのだ。ここで倒さなければならない。

しかし目の前に落ちてくる一瞬。ほんの一瞬にも満たない間に、カグヤの頭をある考えが過《よぎ》る。

――もしこれが技研《ぎけん》に還元できれば、《勇者》についての研究は進むのでは。

「中尉！　頼む!!」

「っ!!」

我に返り銃を構える。だが動かない銃はもう、鈍器として使うしかない。

「あ、アズマさん！　でも私！」

銃から弾は出ない。頼むと言われても何をどうすればいいか。

けれどここで何もしなければ自分が危ない。撃てない銃なんてただの鈍器なのに――

(鈍器……？　そうだ)

手に握るそれには、まだ唯一使い道がある。

「撃てないならっ……！」

カグヤは引鉄《ひきがね》から指を離してグリップを握り直す。本来は撃ち抜くはずの銃口を相手に向けて、なんの容赦もなく殴り飛ばした。

殴った瞬間。カグヤは唐突に、頭に激痛が走った気がした。もしかしてさっきの攻撃で頭でも打ったか、と一瞬不安になる。さっさと倒して、早く、帰らなくては——

【おねえさん、そこで何してるの？】

卵が喋《しゃべ》った。

目を丸くして卵を注視する。同時に、酷い頭痛がした。頭の中で何かが暴れ回っているような。何かに入り込まれるような。

「——ッ⁉　あっ——あああっ⁉」

激しく殴られたような痛みが走る。意識が遠のき、一瞬目を瞑《つぶ》って——

・・・

「——え？」

気付いたら見知らぬ場所にいた。

あまりに唐突な出来事に、カグヤは一瞬唖然《あぜん》となった。

「こ……ここは、どこ……？」

街中だった。人がたくさんいる。しかしカグヤの知るどの街とも違っていた。

（どういう、こと……《勇者》は？　カローンは？）

今の今まで、彼女は誰もいない住宅街にいたはずだ。こんな数の人々、どこからやって来たというのか。それ以前に、空気が違う。音が違う。

慌てて周囲を見渡した。アズマ、サクラ。誰もいない。《勇者》もいなかった。

野戦服を着たままのカグヤは、その街ではひどく浮いていた。それにも拘《かか》わらず、街の人々は誰も彼女に目を向けない。街の中央に目を向け、何かに声援を送っているようだった。

そちらの方に呆然《ぼうぜん》と目を向けて、カグヤは息を呑《の》む。

子供だった。

《勇者》と同じデザインのヒーロースーツを着た五歳くらいの子供が、カグヤの目の前に対峙《たいじ》していた。

「君、誰……」

【出たな怪人の手下め！　くらえ、ヒーロービーム!!】

えっ、と目を丸くする。《勇者》が実際に放った光線と全く同じ光線が、無防備なカグヤに達する――

・・・

「……ッ!?　どうしたシノハラ中尉！」

見えた光景に、アズマは思わず叫んだ。

シノハラ・カグヤ中尉が銃で卵を殴ったところまでは見えた。卵は脆《もろ》いから、女性が殴っただけでも簡単に割れる。特に武器を使ってのことだから、終わりは近いだろうと踏んでいた。

だが殴った直後。卵もカグヤも停止したのだ。殴ったその体勢のまま、ピクリとも動かない。

「中尉！　返事をしろ！　中尉！」

嫌な予感に支配され、すぐにカグヤに飛び付く。

音が聞こえる。大嫌いな音が。

『ちょっと――意識ないんじゃないのあれ!?』

焦《あせ》ったようなコユキの声。アズマは彼女に声をかけた。目はどこか彼方《かなた》を見据えたままピクリとも動かない。

「中尉――」肩を掴《つか》んだ。嫌な予感がする。

「シノハラ・カグヤ中尉!!」

「あっ!?　えっ」

肩を摑《つか》み振り向かせると、カグヤはその勢いで目が覚めたようだった。

「え…なんですかいきなり、どうし――」

「無事だな⁉　無事と判断する！」

彼女はまるで眠りから覚めたようにぼうっとしていた。周囲の状況をよく理解できていないのか、今まさに『卵』が目の前にあるというのに止まったままだ。

「……ッ借りるぞ！」

力なく触れているカグヤの手ごと銃を強く握り、照準を合わせる。奪って構え直す時間すら惜しかった。そのまま、カグヤの指の上から引鉄《ひきがね》を引く。

爆音とともに、弾が射出され卵に命中。二発、三発と撃って、卵に纏《まと》わり付く肉は消失した。

「……って、痛ぁ！　いきなり何するんですか！　一回声かけるとかないんですか⁉」

「その感じなら問題ないな。リンドウ後は頼む」

託し、突っ込んでいく。《勇者》の身体《からだ》はまた少し復活していたが、アズマは構わなかった。

構えた刀を器用に操り、卵に突き刺す。

卵がびくりと震えた気がした。それは全ての生き物が最期《さいご》の瞬間に見せる、命の終わりを迎える瞬間だった。その命が終わる寸前、小さくか細い声が響く。

【ア――シャ、ガア――】

もう抵抗も出来ず、消えていく「卵」。

何か言っているような気もするが、アズマは気にも留めなかった。カグヤの方を振り返って、そして、言葉を失う。

「中尉……何故《なぜ》泣いているんだ」

カグヤははっとしたように目を見開く。カグヤはそこで初めて、自分が涙を流していることに気付いたようだった。

「どこか痛めたのか？」

「い……いえ。違います」

カグヤは涙を拭う。辛《つら》そうでも痛そうでもなくて、アズマはその涙の理由が分からない。

「何か目に入ったんですかね？　そういえば頭も痛かったし……」

アズマは他の隊員を振り返る。大きな被害は見受けられなかった。

「各員。状況終了。これより帰投する」

そのたった一言で全てが終わる。

塵《ちり》となり消えて行く《勇者》の遺体。

カグヤは黙ってそれをずっと観《み》ていた。その理由が分からず、アズマは少しだけ眉を顰《ひそ》める。

一―四

奇跡的に無傷で生還したカグヤは、隊舎の部屋に帰ってベッドに寝転がり、天井を見つめていた。戦闘終了から一時間経《た》っているが、一時間前のことがまだ頭をぐるぐるとしている。

「あれは一体……なんだったのかな」

カグヤはほんの一瞬、見たこともない世界に入った。まるで映画の観客のような人々と、そして、、ヒーロー。

子供だった。後から聞いたところによると、今日の《勇者》は元々五歳の子供だったそうだ。

カグヤはその世界であったことを半分ほどしか覚えていない。夢の中の出来事のように、徐々に忘れていくのだ。それでも、子供だったことだけは覚えていた。

（《勇者》は人間が変異した存在。しかしその《勇者》について分かっていることは少ない。例えば彼等《かれら》が何を考えているか――）

通信機に付随の録音機を再生モードで起動する。簡易的だが戦闘記録――ないしは、《勇者》についての記録だ。

《勇者》の文書記録は何度も見てきたが、映像を介さず実際に声を聴くのは初めてだ。

三十分近くある録音を再生。最初の会話など不要なところは飛ばして、まずは《勇者》と接触したところから。

『「伏せろ!!」』という声の後、大きくごうっ、と何かが通りすぎる音がする。

聞きたいのはこの後だ。《勇者》はいつもの通り蟲《むし》の翅音《はおと》しか出していなかったが。

『【現れたな！　怪人デスメタル！　今日こそ決着を付けてやる！】』

「……え？」

明らかに想定外の記録に、カグヤは一瞬唖然《あぜん》とした。

聞き間違いかと思った。

小さな子供のような甲高い声だ。とても場にそぐわない「声」に、カグヤは首を傾《かし》げるくらいしか出来なかった。

だがそんなカグヤに構わず、録音は勝手に進んでいく。

『「散開!!」』

『「七区北北西、《勇者》を発見。これより排除に移る。コユキ、牽制《けんせい》砲撃!!」』

砲撃の開始。カグヤがアズマを呼ぶ声。

その後、まずリンドウが突っ込んだのだ。純粋な打撃力なら小隊一であろう彼が、《勇者》の顔を砕きかけた時。

『【もう許さないぞ！　――召喚《サモン》！】』

また子供の声だ。

カグヤは信じがたい思いで、しかし理解してきた。この甲高い子供の声は、《勇者》の声だ。確かに蟲《むし》の翅音《はおと》だったはずのものが、録音では子供の声に置き換わっている。

「子供……？」

カグヤは録音を流しながら顎に手をやる。

ふと、リンドウの言葉が思い浮かんだ。カグヤはアニメや特撮などに詳しくないが、戦隊ヒーローが手下を呼ぶというのは確かに違和感がある演出だ。

と、考えている間に、録音のアズマが《勇者》に襲い掛かった。

『【いたい！　いたいよお！　あああ！】』

『「何言ってるのか分からんな」』

冷たくアズマは言って、切り刻んでいく。

そして落下、着地。少しのやりとりの後、カグヤは聞いた。

《勇者》の体内から卵を引き剝がした後、「ママ」と言うその声を。

『【ママ——見て——僕、すごいでしょ——】』

「……」

カグヤは黙り込む。彼女の記憶の声よりもずっと、寂しくて儚《はかな》くて、泣きそうで、今にも消《き》え失《う》せそうな声だった。

録音で爆発が起こったのはその後だ。カグヤははっきりと覚えている。この時確か、リンドウがやられかけ——自分の元に卵が落ちてきたのだ。

ほぼ同時に殴打音《おうだおん》。そして音が停止する。

この時初めて、カグヤは「外」で起こっていたことを知った。

アズマやコユキの反応からも、これが異常事態であることが分かる。

なんとも言えない嫌な気分のままカグヤは録音を聞いた。この次は《勇者》の最期《さいご》の言葉だ。

顔を伏せ、聞き逃さぬように録音を聞いていた時——

——カチッ。

機械音とともに顔を上げると、ちょうど録音停止ボタンが押されたところだった。

同室の少女、サクラ。

「カグヤ……何してるの？」

上から覗《のぞ》き込んできた桜色の少女は、何故《なぜ》か心配そうな表情をしていた。

「ああ、録音です。まだデータにしてないけど、とりあえず聞いてたんです」

ふうん、とサクラは生返事を返す。

「いいけどさ。あんまりそういうの、聞かない方がいいよ」

「どうして？　だって貴重なデータなのに。今日だって……」

「ああ——あれはとても助かったよ。よく分かったね？　見た目だけだなんて」

「それは、まあ、戦士型《タンク》と戦った人の遺体とかを見て……技研《ぎけん》はそういうの得意ですから」

つまり解剖して調査したということである。

少しだけ気まずい空気が落ちた。それを打ち破るように、カグヤは明るく返す。

「あ、ところでアサハル少尉は？　終わってから姿見てないんですが、今日もトランプですか？」

「いや。リンドウもアズマも怪我《けが》してるし流石《さすが》に違うと思う――コユキのことだから」

寝る準備のために着替えつつ、背後を向いて、サクラはカグヤにその顔を見せない。

部屋に唯一あるシングルベッドの主が彼女で、その周囲にはゆるふわなグッズやポスターが飾ってある。

サクラは背が高くてスタイルも良い、ミュージカルの男役をこなせるほどの美人だが、実は可愛《かわい》いもの好きだ。「自分は可愛《かわい》いのは似合わないから」と言う彼女に寝間着をプレゼントしたのはコユキである。

「……サクラは、アサハル少尉とは付き合い長いんですか？」

「そうだね。最初に会ったのは千葉県の児童保護施設で……そこからずっと一緒かな。カローンのメンバーは昔から顔見知りが多いよ」

「ああ、確かにそうですね。六年前の……」

言いかけてはっとする。思い出して楽しい記憶ではないだろう。

「ご、ごめんなさい。思い出させるつもりじゃ――」

「ああ。いいよ別に。私ももう、そんなに覚えてないし」

何かを吹っ切ったような朗らかな表情に、カグヤは何故《なぜ》か共感のようなものを抱いた。カグヤも、親を失っているがそこにあまり拘《こだわ》りはない。周りも皆同じ状況だったし、

「コユキはあんなだけどさ——」

サクラの声の様子が変わる。少し低い、落ち着いた声だった。

「でも悪い子じゃないんだ。受け入れるのに少し時間がかかるだけで」

「……反魂《はんごん》研究が気に入らないんだと思ってた」

「あはは、流石《さすが》にそれはないんじゃない？」

サクラは心底可笑《おか》しいというふうに笑った。

「だってカグヤちゃんの研究本当に凄《すご》いもの。それで、ってことはないよ」

「そうかなあ……でもカローンの皆《みんな》にとっては面白くないんじゃないですか？　《勇者》を人間に戻すなんて言ってるんだから」

「そんなことないよ。きっと完成すれば、人類の希望にもなる」

希望、という言葉に顔を上げる。思ってもみない言葉だった。

「《勇者》から人間に戻る日が来るんなら……いつかは《勇者》なんて誰も怖がらなくていい時が来るかもしれないって思うと、ちょっといい気分だよ。私は」

カグヤは少しだけ、居住まいを正す。

そんな風な考え方もあるのだ。自分のやっていることを希望だと言ってくれることが、カグヤには何より嬉《うれ》しかった。

でもさ、とサクラは後を続ける。

「でもさ、カグヤちゃんはどうしてそんな《勇者》の研究を始めたの？」

不審そうに眉を顰《ひそ》めたカグヤに対して、サクラは言い訳するように慌てて手を振る。

「ああいや、別に伺ってわけじゃないけどね。カグヤちゃん以外に知らないからさ、《勇者》について調べようって人」

「ああ。まあ確かに、今は調べる暇があったらとにかく倒す、っていう方が主流ですからね」

それが所謂《いわゆる》、殲滅《せんめつ》派だ。究極的な現実主義者《プラグマティスト》である彼等は、《勇者》について調べる暇があったら一体でも多く殺す、を目標としている。

もちろんそれも間違ってはいない。カグヤに言わせれば無粋《ぶすい》極まりない考え方だが、けれどカグヤ自身、全く理解できないわけではない。

けれど、思い出す。彼の背中。

「——昔、兄が《勇者》になるところを見たことがあって」

ぽつぽつと語り始めたカグヤに、サクラはぎょっとしたようだった。

「《勇者》に？　カグヤちゃんのお兄さんが？」

「そう。私の家族は《勇者》に襲われて殺された。私はぎりぎりで助かってしばらく気を失ってたんだけど、兄はそうじゃなかったみたいで……目が覚めたら兄しか居なかった。兄が私を庇《かば》ってくれてたんです」

「へえ……良いお兄さんなんだね」

「……そうですね」

カグヤはほろ苦く笑った。

「でもその直後、兄は目の前で《勇者》になった」

幼い彼女の前に。悪魔のような背中をした化け物だった。

「いや、正確に言うと、《勇者》が兄の声を出した、という感じだけど……とにかく、《勇者》になったのを見たのは事実なんです」

信じられないという面持ちのサクラに話を続ける。

カグヤが覚えているのはその背中だけだ。顔は見ていない。が、人間じゃないことだけははっきりしている。

「その後私は気絶したからその行方は分からないけれど、多分兄は……」

兄は行方不明になっていた。兄は《勇者》になって誰かに斃《たお》され、遺体はそのままなくなったのだろうとカグヤは思っている。

「……まさか」サクラは心底驚いた様子で顎に手をやった。

「いやね、同じような話を聞いたことがあったから……」

サクラらしくない口ごもった様子に、カグヤは首を傾《かし》げて彼女を覗《のぞ》き見《み》る。

サクラは、何かを言おうとしたけれど、やっぱり何か思いとどまって辞めた、という様子だった。そんなサクラを何気なく見ると、彼女は視線に気付いて苦く笑った。

「……ああごめん、なんでもない。ただ思い出しただけ」

その様子や声音《こわね》は、仇《かたき》である《勇者》の話をしているとは思えないほどの爽やかさだった。

ミライ少佐の言葉が蘇《よみがえ》る。『《勇者》を憎んでいる』と言っていたはずだ。

「サクラはさ、……《勇者》が憎くないの？」

「他の奴《やつ》は知らないけど、実は私はそうでもないんだ。あの《勇者》ももういないし」

サクラはそう言って寝巻きに着替えようとする。かちゃりとベルトを外し、白い肌が露《あら》わになっていく。邪魔だからとブラジャーも脱ぎ捨てた。

「両親が居なくなって。施設でも、やっぱり生き残りだから馴染《なじ》めなかったし。今だって、あんまり歓迎されてるとは言い辛《づら》いけど、皆といるのは楽しいよ」

一見悲劇的な生い立ちにも拘《かか》わらず、サクラは鷹揚《おうよう》としていた。彼女にとって過去とは振り返るものでしかないのだろう。

「だから私が戦ってる理由は、《勇者》というより寧《むし》ろ別のところにあるのかもしれないね」

「別の……？」

「そう。きっと明日のために、未来のために戦っているんだろうね」

首だけで、サクラはこちらを振り返る。桜色の瞳が輝くように笑った。

「……サクラは、何か目標があるんですか？」

「目標ってほどじゃないけどね。《勇者》が見えなくなる時が来たら……その後は、《勇者》の被害に遭った人達を助けたいと思ってるって程度だよ。ほらボランティアとかあるでしょ？」

いつになるか分からないけどね、と彼女は笑った。

「だからカグヤも、これからもカローン《こ こ》に居たいんなら、何か理由を見つけるといいよ。戦う理由をね」

カグヤは戸惑うように目を伏せた。

彼女の戦いは反魂《はんごん》研究で、その理由ははっきりしている。だから今更自分に問うことも、人に言われることもない。だが、戦闘兵科《カローン》で戦う理由なんて考えたこともない。

しかしカグヤは何故《なぜ》か、胸がちりりと痛んだ。

それから数日が経《た》った。

入隊してもう半月だ。半月も経《た》てば、カグヤも段々と「カローン」に慣れてくる。緊急対応班から要請を受け、《勇者》を斃《たお》すのが彼等の任務だ。

まず、アズマ大尉。戦隊長で責任者。カグヤとは波長が合わない性格の悪い頑固者。

一番仲が良いのがサクラだ。飄々《ひょうひょう》としていて人望があり、彼女の周りにはいつも人がいた。

リンドウはカグヤのことを避けているようであまり接点がない。コユキもリンドウと同じようなものでこちらを嫌っているが、彼と違うのは、カグヤと同室ということだった。


「――いつもいつもさぁ。あんたそれ何やってんの？」

最初の出撃から三日後、カグヤはコユキに目を付けられていた。

《勇者》対応の出撃のための、兵員輸送車の中だった。デジタルに落とした戦闘分析を確認していたところだ。邪魔にならないよう輸送車の隅に居たのだが、コユキには目に付いたらしい。

「記録ですよ。戦闘の」

「戦闘ってこの間の？」

こくりと頷《うなず》くとあからさまにため息を吐かれた。

「物好きねアンタも。まだそんなもの拘《こだわ》ってるなんて」

応えずに肩を竦《すく》めた。別に彼女に理解されたいとは思わない。

というか、その記録癖が前回役に立ったのに随分な言い草だ。

「逆にどうして、カローンは戦闘記録をつけないんですか？」

一瞬ピリリとする輸送車内。十人ほどのうち、数名の視線が突き刺さる。

「別に。見なくてもこれまでずっと何とかなってきたもの」

コユキはあっさりとしていた。

「現状で上手《うま》くいってるのに、過去を見たって仕方ないじゃない。今のやり方で充分だわ」

「その考えには、ちょっと理解できない気分です」

「別にアンタに理解されたいとか思ってないから」

こっそり思っていたことを言い返される。

「それに、どうせあと数年もすれば見えなくなるしね」

「それは……そうですけど」

「私達はシノハラさんとは違う。六年前から私達は、《勇者》の仲間みたいに扱われて……いつ処分されるかわからないのよ。そうじゃなくても、いつかここに居たことすら記憶の彼方《かなた》に追いやられる。そんな中で、記録なんか残したって意味ないじゃない」

そもそも殲滅軍《せんめつぐん》自体、とても刹那的で危うい存在だ。

「残したこと自体忘れるかもしれないのに……」

「……いつか居なくなるからこそ、残すことが大事なんだと思います。だって、私達が全員居なくなっても《勇者》は居なくならないんだから」

カグヤはこの戦いから帰ったら、マリなどの後進に研究プロジェクトを共有するつもりだ。

残された時間は少ない。一筋縄でいくものではないし、自分の代だけで完成させられるとも彼女は思っていない。だが、想《おも》いだけは受け継いでほしかった。

「……私は好きだよ？　カグヤちゃんの考え方」

静かな輸送車に、サクラの涼やかな声が響く。

「悪くないじゃない。カローンは引き継ぎも受け継ぎもないけれど、何か残せれば、完全に見えなくなっても無駄じゃなかったってことになるんだし」

「サクラ……」

カローンはそもそも、六年前の事件の生き残りを寄せ集めただけの部隊だ。後進も先達《せんだつ》もない——だから、例えば《勇者》の戦いや知識を遺《のこ》す先がないのだ。アズマ達の能力値は、後進を生み出すことが出来ないほどに高い。

その一人であるコユキは、サクラの言葉に臍《へそ》を曲げたように顔を背ける。

「またサクラはそんな甘いこと言って……！」

「まあまあコユキ。いいじゃないか。そんなに噛《か》み付《つ》かなくても」

サクラはまるで姉のようにコユキを窘《たしな》めた。身長差も相まって、二人は本当の姉妹のようだ。

「悪くないよね。たまにはそういうのもさ——」

「そろそろだぞ」

アズマの低い、低い呟《つぶや》きによって輸送車の空気は変わる。

カグヤとカローンは向かう。《勇者》との戦争に。

本日の《勇者》は広範囲攻撃が得意な魔導師型《ウィザード》だった。

浅草寺《せんそうじ》に出現したそれは、まるで神様のような姿をしていた。陰陽師《おんみようじ》の狩衣《かりぎぬ》を着た男性の顔は黒く塗り潰されており、独特の雰囲気からは《勇者》であることを窺《うかが》わせる。

『境内《けいだい》は全て有効範囲だ、気を付けろ』とのアズマの注意で、範囲外からのコユキの砲撃、リンドウ他数名の陽動、アズマとサクラの攻撃で卵を潰す――そんな手はずだった。

カグヤは「他数名」のカテゴリに入れられているようで、ひたすら《勇者》の注意を引き付ける。《勇者》による攻撃をぎりぎりで避けつつ、アズマやサクラのいる方に誘導していく。

【シャァァアアァァァ】

（やっぱり、蟲《むし》の声――よね……？）

先日の《勇者》の録音をカグヤは思い出す。子供の声だと思ったものは勘違いなのだろうか。

惚《ほう》けているうちにサクラの特攻。賽銭箱《さいせんばこ》付近で《勇者》の頭部を迷いなく殴り壊し、ぐちゅりと潰れる音が通信機越しに響く。その居心地の悪い音は、確かに《勇者》の最期を示すものだった。

戦闘態勢を解いたコユキが朗らかに声をかける。

『流石《さすが》だねサクラ。一発で倒しちゃうなんて』

『皆《みんな》がサポートしてくれたおかげだよ』

サクラは今さっき戦っていた場所に――つまり《勇者》に背を向けてこちらに歩いてくる。

勇者は既に消えかかっていた。カグヤも安心して視線を逸《そ》らして——

——その時だった。ボコリ、と下からだったのだ。

『——!?』

死《し》に際《ぎわ》に《勇者》が放った攻撃が、遅れて届いた。呪いのような黒い腕が寺の床を突き破って、周囲を巻き込むほどの爆発を起こす。

「——ッ!!」

全員がそちらに注視した。

襲われたのは桜色の髪の。

「サクラ!?」

『……っぅ』

サクラは軽く十メートル近くは吹き飛ばされていた。生身《なまみ》で打ち付けられ無事なはずがない。そちらを振り返ると、視界の遠くにサクラの姿が薄《うっす》らと見える。彼女は仰向けに倒れたまま動かない。

「サクラ——!?」

駆け寄ろうとして。カグヤは思わず立ち止まった。

(待って……何？　誰かいる)

斃《たお》れたサクラを覗《のぞ》き込《こ》む人影があった。隊服を着ていない。ワンピースを纏《まと》った女性のようだ。顔が見えない背後からは、逃げ遅れた住民のように見えた。

その住民がつけている香水か何かだろうか。金木犀《きんもくせい》の甘ったるい香りがする。

「一般人……？　退避したはずじゃ……」

——砲撃。

コユキの通信から砲撃音が聞こえた。一般人に向けて撃ったのだ。「アサハル少尉⁉」と叫ぶカグヤに、コユキは切羽詰まった声を上げる。

『分かんないの⁉』

続けて第二弾を込め、斉射。

『サクラが吹っ飛ばされるような攻撃の——この戦闘の間近で生きてるような一般人がいるわけない！』

泣き出すような声だった。

『それにこの香り——この香りは』

この香り。この金木犀《きんもくせい》の香りだろうか。辺りに充満するほど強い。

『——《女神》。それ以外考えられない！』

「《女神》……⁉」

言われてカグヤは眉を顰《ひそ》める。聞いたこともない存在だった。

「《女神》って、いったい……⁉」

『人を《勇者》に変える異形《いぎょう》だ』

応えたのはアズマだった。

『人間に卵を植え付けて、《勇者》に変貌させる全ての元凶。《勇者》を生むから《女神》──アレは今、サクラを《勇者》にしようとしている……！』

カグヤはその《女神》を凝視した。

《女神》。砲撃の煙の向こうに。一般人と思われた影は、ただ揺らぐだけで動きも見せない。

コユキが叫んだ。

『間に合った⁉　アズマ！』

『……駄目だ』

アズマは苦い声で無線機に絞り出す。

『死の香りがする。遅かった……』

聞いたこともないような声だった。何かを諦めて、けれど絶対に諦めたくないと抵抗する、そんな声だ。

遅かった──それが何を意味するものか、カグヤには理解できない。しかし何かを言う前に、アズマは叫ぶ。

『緊急事態だ──誰でもいい！　サクラを殺せ‼』

「は⁉」と、カグヤは目を見開く。

「ちょっと、殺せってどういうことですか⁉　なんで……」

『なんで、だと？　俺にそれを言わせるのか』

苦しみと怒りが綯《な》い交《ま》ぜになったような声。

『無知なふりをして丸投げするな。《勇者》について調べているなら、貴女《あなた》も本当は分かっているだろう！』

「……っ」

カグヤも愚かではない。薄々ながらも理解していた。

《女神》という存在。アズマの発言。人間が《勇者》になる姿。

そして、死の香り――金木犀《きんもくせい》の甘ったるい香りだ。死の香りなど初めて聞いた話だが、そうだと何故《なぜ》か確信できる強い香りだった。

斃《たお》れていたサクラの周囲に風が舞う。パキ、パキと何かが壊れるような音とともに、サクラの身体《からだ》が宙に浮き上がった。まるで何かに吊《つ》られるように――その瞬間、激しい突風が彼女の周囲を舞う。

時間にしてほんの一瞬もなかった。突風に呑《の》まれ意識を失ったサクラの顔に、カグヤは、何か黒いものが取り憑《つ》いていくのを見る。羽虫のような小さな何かが集まって闇へと変貌する。

瞬《まばた》きして次に目を開けた時には、風が収まって中心に大きな何かがいた。そこに人間の姿はなく、まるで作り物のような、それと人間の中間であるかのような、そんな存在がいた。

「あれが――」

あれが《勇者》。

なってしまったのだ。サクラは《勇者》へと。あの人殺しの化け物へと。

「アズマさん、で、でもサクラはまだ生きてます！　それにそうなったと決まったわけじゃ」

『……決まったんだ』

恐ろしいほど張り詰めた現場で、アズマの声が耳を打つ。

『今漂うこの香りが証拠だ。それに、俺は『卵』の場所が分かると言ったな――今ここに、新たな卵が出現した。サクラの中に』

「……それって」

『コユキ、いけるな？』

ちっ、と無線の向こうから舌打ちの音。

『分かってるわよ――』

一瞬の沈黙の後に。

『――分かってる！　っつの!!』

吐き捨てるように言い放った後、コユキの無線から弾をリロードする音。

「あ……」

その音を聞いて、カグヤはやっと理解した。

撃とうとしているのだ。サクラを。

雛《ひな》が卵から孵《かえ》る前に潰すように。ここで殺してしまえば《勇者》にはならない。

《女神》はもういなかった。倒れたサクラに、コユキは撃とうとしている。感情をどうにか殺そうとして、その先に居るのは、何故《なぜ》か足下が大きく膨れ上がっている桜色の少女。

目の前で誰かが《勇者》になるのを目の当《ま》たりにするのは、これで二度目だ。

「サクラ!!」

思わず叫んだ。彼女が《勇者》になるその前に。

一―五

――誰かの叫び声が聞こえた気がして、荒川桜《アラカワサクラ》は目を覚ました。

「……? ここは……?」

目が覚めると、辺りは一面美しい花畑だった。

清涼な川が流れていて、まるで天国にでも来たようだ。花の種類に統一感はなく、ひまわりの横にパンジーが咲いているような場所だったが、桜《サクラ》は気にせずそれを眺めていた。

色とりどりの景色。赤、黄、緑、桃色、紫色。上を見上げれば青く美しい空が広がっており、それを独り占めできていることが何故だか嬉《うれ》しかった。

しかし、数分もすれば流石《さすが》に違和感に気が付く。

——ええと、どうして自分はここにいるんだっけ。

「確か——ええと、確か戦闘に出ていて——出ていて……？」

記憶が曖昧だ。その後も何かあったような気がするが思い出せない。記憶が飛び飛びで、それが現実だったかどうかも曖昧だ。

「どうして私は一人でこんな場所に……？」

思考も靄《もや》がかかったようになっている。ふと気付いて自分の身体《からだ》を見れば、いつもの野戦服ではなくなっていた。——私服だ。それも、なんだか懐《なつ》かしい。

武器も全て失った荒川桜《アラカワサクラ》は、軍人ではなくただ一人の少女として花畑を彷徨《さまよ》う。誰かいないか？　どうして自分はここにいるのか。分からないことだらけだが、だが何故《なぜ》か警戒心は一切湧かなかった。ただ暖かくて優しい空間だった。

人を探して歩きまわるうちに、桜《サクラ》は二人の人影を見つける。随分と遠くにいて姿は分からなくて、桜《サクラ》は速足で近づいて行った。

どうして速足になっているのかは分からなかった。だけれど、——直感していたのかもしれない。その人影は桜《サクラ》がよく知る人達で。

「……嘘《うそ》」

両親だった。

死んだ両親の姿が。あの日死んだそのままの姿で、桜《サクラ》を見つけると笑顔を向けた。

「桜《サクラ》！　随分遅かったのね。みんな待ってたのよ？」

その笑顔に桜《サクラ》は硬直する。母親は死んでいるはずだ。

「どうしたの桜《サクラ》？　そんな、怖いものでも見た顔しちゃって」

「あ……ううん、なんでもない……ねえ、ここは？」

「貴女《あなた》はそんなの考える必要ないわ。……いらっしゃい、桜《サクラ》。これからはずっと一緒よ」

「一緒に……って、何言ってんの？　そんなの出来るわけないよ」

「あら。どうして？　桜《サクラ》も一緒にいたいでしょう？」

「そうだけど、でも……パパもママも……」

「私達がどうしたの？」と、両親は桜《サクラ》を覗《のぞ》き込《こ》む。

桜《サクラ》は言おうとした。両親は既に死んでいるということ。六年前に跡形もなくなったことを。

(あれ？　じゃあ、ここにいる二人はなんで……)

目の前にいるのはどう見ても元気な姿の両親だ。

「悪い夢でも見たのかな？」と、パパと名乗る男が桜《サクラ》の額に手をやる。

その温《ぬく》もりは、桜《サクラ》に全てを委ねさせるには充分なものだった。喪《うしな》ってずっと得られなかったものが、すぐ手の届くところにある。

(なんで……えっと……なんだったっけ)

どうして自分が疑問を持ったのか、桜《サクラ》は思い出せなかった。

そもそも自分は最初からここにいたのではなかったか。

今日はパパがようやくお休みを取れて、三人でピクニックに来ているのだ。そう——やっと思い出した。荒川桜《アラカワサクラ》は家族で一番幸せな時間を過ごしていたのだ。頭の隅に何かがひっかかったけれど、それでも、目の前の幸福がその全てを打ち消した。

「パパ——」

だから、優しい笑みを浮かべる両親に、つい手を伸ばしてしまったこと。

「ママ——会いたかった」

得られなかった愛を少しでもと、ささやかな夢を願ってしまったこと。

それが彼女の悲劇だった。

・・・

【ママ、ガ——アアアアアア】

サクラ、と絶叫する声は一切届かず。まるで爆発するかのようにごうっと風が吹き荒れる。

誕生の瞬間だ。何かが——明らかにサクラではない何かが立ち上がってこようとする。

「最悪だ——畜生‼」

出現したのは巨大なマネキンだった。全長二メートル程度、子供のようなワンピースを着ていて、顔を黒く塗り潰されている。

顔が見えないのは《勇者》の特徴だ。《勇者》化である。カグヤは否定したくとも出来なかった――サクラはもはや、人でないモノに成り果てた。

くっ、とアズマが一瞬息を詰めた後、冷徹に宣言する。

『全員――戦闘態勢。現時刻を持ってアラカワ・サクラを《勇者》と見做《みな》し、排除に移る』

通信網に一瞬、沈黙の嵐が吹き荒れた。

全員が「何か」に耐えて、押し込み、無理やり飲み込んだ、そんな一瞬だった。最初に口を開いたのはリンドウだ。

『了解。お前の指示に従うよ、隊長』

『――ッ』

コユキだけが少し返事が遅れた。

『コユキ』

『……ええ。了解。分かってるわ』

応えるべき返事は一つしかなかった。

仲間が化け物になった時の対処など決まっている。殺す以外に選択肢などない。そこに感情など必要ない。

「……アズマさん」

しかしカグヤは、思わず声を絞り出した。

「アズマさん、本当に――」

本当にサクラを諦めるのか。倒してしまうのか。

だがカグヤはその先を言おうとして、言えなかった。《勇者》が人間に戻った例はまだない。確証もないことを言う気にはなれなかった。

目に映るのは、顔を黒く塗り潰されたマネキン。

マネキンの、その腹がどんどんと膨れていく。まるで何かを身籠っているかのようで、怖気《おぞけ》を誘う光景だった。

「あれが、サクラ……なの」吐き気を堪《こら》え、カグヤはマネキンに釘付《くぎづ》けになる。

不気味さの中にも理想が反映されていた前の《勇者》とは全く違う、それは化け物と言って差し支えない容姿だった。顔は黒く塗り潰され、身体《からだ》はまさにマネキンの質感そのもの。

『卵は額の部分だ』

アズマは慣れてでもいるのか、淡々としている。――嫌になるほどに。

『脚を集中攻撃する。背中から倒そう。腹に気を付けろ。おそらく頭部を護《まも》る機構もある』

マネキンの胎《はら》は膨れ続けている。空気を入れ過ぎて破裂寸前の風船のように。

『サクラはまだ誰も殺してない。――斃《たお》すぞ。彼女が本当の化け物になる前に』

勇者
出現

荒川 桜

（18）

出現場所：浅草寺

個体：緊急事態より推定できず

速やかに討伐せよ

腹部が膨らんだ、まるで歪なマネキンのような《勇者》。かわいいもの好きだった彼女は、《勇者》に堕ちてなおそれを手放すことはない。しかし、彼女が心の奥底に秘めていた願いはもはや潰えた。
今の彼女に唯一叶えられる願いは
――もう、何もかも爆ぜてしまえ。

HERO-SYNDROME

それぞれから返事が還《かえ》る。決意に満ちたカローンの声が。

本当に殺してしまうのか。そんな甘えたことが言えないくらいの、強い覚悟の声だった。

ややあって、始まった。コユキの砲撃が空気を揺るがす。

コユキは《勇者》相手には対物ライフル型の武器を使うが、狙った的はまず外さない。どんなに遠くて小さな的でもだ。彼女自身が遠距離から「卵《クロノス》」を処理したこともあるという。

ましてや今回の「的」は大きく、外しようがない。指示通り背中から落とすために、正面から顔を狙って撃った——

——はずなのに。

『——ッ⁉　バカお前どこにっ‼』

リンドウの慌てる声と、同時にコユキが息を呑《の》む音。カグヤも目を見開く。

コユキが撃った対物ライフルの弾は目標を少しそれ、今にも破裂しそうなマネキン《勇者》の腹に直撃した。

『各位‼』

アズマが叫んでいる。

『爆発する、対処を！　絶対に周囲に被害を出すな！』

応える前に距離を取りつつ警戒。

コユキが撃ったことで、《勇者》は背中から倒される形となった。腹にエネルギーを割いているのか、アズマがすっ飛ぶように近付いていっても動く素振りすらない。

カグヤはその後を辛《かろ》うじて追う。申し訳程度に、弾も撃てない銃を腰から抜くものの、その異様に圧倒されて思わず走りも遅くなる。

「いったい何を――サクラ」

何をしようとしているの？

――破裂寸前。

一―六

「中尉‼」

遅れて走るカグヤに、アズマが振り返らず叫ぶ。

「邪魔だ！　来るな‼」

一瞬怯《ひる》んだ。その言葉は正しいからだ。ほとんど戦闘力がないカグヤが行っても役に立つことなど何もない。

「……ッ」

力なく立ち止まった。あれはサクラなのに、早く殺してあげなきゃならないのに。自分には何も出来ない。

浅草寺《せんそうじ》の境内《けいだい》に斃《たお》れる、サクラだったモノは動きを見せない。その様子や姿の異様を見て、あれは魔導師型《ウイザード》だと——そう思ってしまう自分が嫌だった。

その隙にアズマは、刀を迷いなく《勇者》の額に突き立てようとする。しかし相手が硬くて刃《やいば》が通らない。

直後、《勇者》が動いた。二本の腕が俊敏な動きでアズマを襲う。アズマの命を断とうとするそれは、間違いなくサクラなのだ。サクラがそうと知らずアズマを殺そうとすることが、カグヤには許せなかった。

（——確かに私は何の役にも立たない）

カグヤは思わず走り出す。

（でも、だからって何もしない理由にはならない）

出来ることがないとは限らない。居ても立っても居られない、そんな気持ちだった。

自分がそんな気持ちになったことに、カグヤは驚いた。行っても何の役にも立たない——無駄に命を捨てる行為だ。それを自ら選び取ったことに、何よりも。

アズマはサクラに何度も斬りかかっていた。太刀筋どころか本人の残像すら見えない、異次元の速さで。そのフォローをコユキやリンドウが行っていて、それでギリギリの綱渡りだ。

『おい、こいつぁまだ成り立てだろう⁉』

リンドウが叫ぶ。

『なんでここまで強《つえ》えんだよ……‼　元の人間の強さが反映されてんのか⁉』

元の人間──サクラ。

見たくなかったそれを、見なければならないそれを見せられ、メンバーの集中が一瞬揺らぐ。

カグヤもそうだった。思わず立ち止まりかける。──そうだあれは、サクラなのだ。

『アズマ！』悲鳴のようなコユキの声で我に返る。

「アズマさん⁉」

潰されようとしていた。いつのまにかマネキンの手がアズマの足を攫《さら》っており、彼は潰されようとしている。コユキの砲撃、リンドウの援護──それでも、手は止まらない。

「サクラ‼」

奔《はし》る。何かに突き動かされるように。

サクラは言ったのだ──守りたいと。その彼女が、同じ隊である彼を殺そうとするなんて。

位置的に、リンドウよりも早かった。アズマを捕らえる手を捕捉。ダメージを与えるためというよりこちらに注意を向けるために、アズマの足を攫《さら》うマネキンの手を思いきり殴り飛ばす。

またしても鈍器としてしか使えない鉄（？）塊は、その衝撃でバキッと音を立てた。同時に《勇者》のマネキンの肌が壊れ、中に見えた肉のようなものが露出する。

だが──それだけではなかった。

「……ッ⁉　あああ⁉」

これまでに感じたことのない、叫び声を上げるほどの激しい頭痛がカグヤを襲う。

「何――こ、れ」

自分でない何かが入ってこようとする感覚。或《あ》るいは、自分自身が浸透していくような感覚。

自分が自分でないものになる感覚が、どこからか――

・・・

「っ⁉」

はっと目が覚めて、カグヤは周囲を見渡す。

「また……だ」

カグヤは、再び見知らぬ場所にいた。

野戦服のまま、歪《いびつ》な形の銃を握り締め、見たこともない場所で突っ立っている。

「こ、ここ、は……」

綺麗《きれい》な場所だった。そよそよと優しい風が吹き、見渡す限り色とりどりの花畑。空気は清浄で暖かく、まるで天国のようだ。

頭痛は既になくなっていた。寧《むし》ろ気持ち良いくらいで、カグヤは呆然《ほうぜん》としたままそっと一歩を踏み出す。

《勇者》もいない。カローンもいない。まるであの時のようだった。

そう、以前《勇者》と戦っている最中に入ったあの世界——五歳ほどの子供がヒーローごっこをしていた世界だ。その時とは違う景色だが、同じ種類のものだということは分かった。

カグヤは辺りを見回す。一面の花畑と目が覚めるほどの青空は、逆にカグヤに恐怖を植え付けた。こんなに美しい場所が、現実にあるとは思えない。

不安に思い自分の腕を抱きしめたカグヤの視界に、ふと、小さな人影が見えた。

「あ……あれって」

桃色の髪と翠《みどり》の瞳の少女だ。一人で立《た》ち竦《すく》んでいる。

隊服は着ていなかったが、桜《サクラ》だとすぐに分かった。

「さ……桜《サクラ》‼」

大声を上げて、カグヤは彼女に駆け寄ろうとした。

花畑は恐ろしいほどにどこまでも続いていて、まるで終わらぬ夢のようだ。カグヤだけがその場では浮いていて、これもあの時と同じ——この場所は本当は自分がいていい場所じゃないんだと、カグヤは直感した。

構わず、そのまま駆け寄る。少女の顔が見えてきた。

少し雰囲気が違う。けれど、何故《なぜ》か桜《サクラ》だと理解できた。

「桜《サクラ》！　私、カグヤよ‼　帰ろう、一緒に——」

【誰？】

戸惑った顔と声で、桜《サクラ》は言った。

「誰、って――」

【ねえママ、変な人がいる】

桜《サクラ》は誰もいない場所を振り向いて訴えかけた。子供が親に甘えるような、彼女らしくない声にカグヤはぞっとする。

しかし更にぞっとしたのはその後だった。

【あらあら。お友達には優しくしなきゃだめよ、桜《サクラ》】

一人の女性が現れたのだ。口ぶりからして母親だろうか。確かに桜《サクラ》と顔付きはよく似ているが――しかし、その瞳は、その瞳の奥にあるのは、蟲《むし》のような多眼の瞳。

「か――」

カグヤは母親から目を離せないまま、桜《サクラ》の手を掴《つか》む。

「帰ろう！　こんなとこにいちゃだめ！」

【ええ？　やめてよ】

振り払われた。

【帰るってどこに帰るの？　私はずっとママと一緒だったし、これからも一緒だよ】

「桜《サクラ》!!」

振り払われた手を、カグヤは再び摑《つか》んだ。今度は少し強めに摑《つか》む。決して逃がさないように。

【……】

桜《サクラ》はその手を見て少し眉を顰《ひそ》めた気がした。

花畑の上で、空気が何かの変化を遂げる。その変化を感じ取ったカグヤは、語調を強め、更に重ねて叫んだ。

「桜《サクラ》──言ってたじゃない、《勇者》の被害に遭った人達を助けたいって！　そっちに行っちゃだめだよ！」

桜《サクラ》はゆっくりと顔を上げた。記憶より少し幼い彼女の顔は、まるで──そう、花壇に巣を張る蜘蛛《くも》を見つけた時のような表情に変わる。

【私、そんなこと、言ってないよ】

拒絶のそのままの声で、桜《サクラ》はカグヤから距離を取った。その距離の取り方が、拒絶の視線がカグヤの胸を痛める。

「桜《サクラ》……」

【桜《サクラ》？　この人本当にお友達なの？】と、不気味な顔をした女が言う。

【今日は家族でピクニックに来ているんでしょう？　変な人に関わっちゃダメよ】

「桜《サクラ》‼」カグヤは叫んだ。「そんな女の言うこと聞いちゃダメだよ！」

カグヤは桜《サクラ》を強く引き寄せた。まるで以前に、緊急脱出の時に抱えられたように。

桜《サクラ》は目を見開いた。一度は感じたその匂いが。感覚が。言葉なんかよりもずっと早く、桜《サクラ》の記憶を引き寄せる——

【カグヤちゃん？】

「!!」

きょとんとした声だったが、確かに名前を呼んだ。

カグヤはばっと振り向く。声の通りに不思議そうな表情の彼女がいた。

「桜《サクラ》、私のことが分かるの⁉」

【え、そりゃ勿論《もちろん》。仲間だし。って、なんで私こんなところにいるの？】

そして桜《サクラ》はカグヤの方に顔を向け首を傾《かし》げる。

【それにカグヤちゃん、どうして——】

【桜《サクラ》】

桜《サクラ》の後ろから手が伸びてきた。あの不気味な女が、後ろから桜《サクラ》を抱きしめたのだ。

【そんな子に構うことないわ。ほら、こっちに来て一緒に遊びましょう】

【あ——うん、ごめんねママ、今そっちに行くから——】

「桜《サクラ》！」

伸ばした手はもう届かない。桜《サクラ》は、まるで吸い寄せられるようにその女に歩いていく。

ここを逃したらもう駄目だ。カグヤは直感でそう感じていた。

「桜《サクラ》、私達のことを思い出して！　帰ってきて！」

――思い出せ。

そんな声がどこかから響いた気がして、カグヤは目を瞠《みは》る。だがそんな幻聴は一瞬にして掻《か》き消《き》え、次に気付いた時には、もう桜《サクラ》はこちらを向いていなかった。

「さ――」

【もう遅い】

女は桜《サクラ》をしっかり抱きとめていた。もう桜《サクラ》の目にはカグヤは映らない。

「《女神》……!!」

その女は笑った。それはカグヤがこれまで見てきたどんな笑顔よりも悪辣《あくらつ》で、不気味な笑顔だった――その笑顔のまま一言。

【裏切り者】

「……え？」

裏切り者。まるでかつて味方だったかのような、不可解な最後の言葉に呆然《ぼうぜん》とする。

・・・

「アズマ!!」

潰されかけていたアズマは、リンドウによって助け出された。マネキンは動きを停止していて、動かすのは容易ではなかったが壊すのは容易だった。

リンドウは、殴った瞬間のまま凍らされたようなカグヤに声をかける。

「おい！　お前っ——なんだ、止まってる、のか……⁉」

「リンドウ！　卵は額だ！」

アズマは無理やり立ち上がって叫ぶ。

「早く——一分以内に片付けろ！」

卵は額部分。アズマとリンドウが額部分を同時に殴り飛ばし、大穴を開ける。

そこから引きずり出した。白く鼓動する、剝《む》き出《だ》しの卵——

リンドウが少し目を逸《そ》らした。これを潰すということは即《すなわ》ち、仲間を殺すことと同義だから。

アズマは刀を構え、卵に狙いを定めて一瞬息を詰める。

桜色の少女を思う。

カローンでも一番長い付き合いだった。夢があって、いつかを考えられる人だった。

こんな別れ方なんてしたくなかった。

「……さよなら」

ぐちゅりと音を立て、アズマによって卵は呆気《あっけ》なく破壊された。

・・・

はらはらと。

カグヤの目の前で、サクラの姿が崩れていく。

あの不気味な女はいつの間にかいなくなっていた。花畑も、サクラの姿もなかった。

いつのまにか目覚めて元の場所に戻っていたカグヤは、崩れる彼女――《勇者》と呆然《ぼうぜん》と対面していた。

「あ……」

「元の、ところに……」

元の場所では《勇者》は《勇者》でしかなくて、サクラの面影など何一つない。

視界の端に、アズマと、リンドウと、壊れた卵が映った。

もはや攻撃を加えなくても自然消滅するだろう《勇者》に、誰も興味を抱いていない――あるいは、目を背けたいのかもしれないが。

誰も言葉を発さなかった。カグヤも何も言えなかった――

【カグヤちゃん】

崩れゆく《勇者》が喋《しゃべ》って、カグヤははっと息を呑《の》む。

表情を隠していた闇が晴れていく。サクラの顔だ。ボーイッシュな美少女。

「サクラ……」

【ありがとう。助けてくれて】

サクラの意識と声を宿した《勇者》の成れの果ては、カグヤに応えて少しだけ笑う。

【アズマを、私から、助けてくれて】

あ、と思い至る。

「覚えて、るの……どこまで……」

サクラは答えずに、ふわりと優しく笑った。

【さあ。どこまで、だと思う？】

その笑みは、これまでと同じサクラそのものの笑みだった。

カグヤは思わず手を伸ばしたが、届かない。もう触れようとしても、その傍《そば》からぼろぼろと崩れてしまう。

救えなかった。

その絶望と無力感で、カグヤは倒れ込みそうだった。そんな彼女に、サクラは言葉をかける。

【ありがとう。私を、私のまま殺してくれて】

サクラは最後まで、サクラのままだった。誰も傷付けることも、殺すこともなく。その安堵《あんど》感のまま、サクラは今度こそ消滅していく。

「待ってサクラ！　私……！」

【カグヤ、ちゃ――みんなを、よろしくね……】

――ふわりと。

その言葉を最期《さいご》に、まるで桜が散るように、彼女は消えた。

二　作戦

ゆるふわな彼女の空間はそのままになった。

片付けられることもなく、ただぽっかりと空間だけが空いている。

泣き疲れて眠ってしまったコユキがちゃんと寝ているのを確認して、カグヤは戦闘を思い返す。記録はまだ確かめていない。

(聞きたくないな……)

いっそ黙って技研《ぎけん》に託すか。

技研《ぎけん》の人間なら、サクラの最期《さいご》の姿を見ても心を荒らすことなどないだろう。

(ああ……だから残さなかったのか……)

終わってしまったことだから。記録を残しても意味がない。

あるいは、過去なんて振り返りたくないのかもしれない。その気持ちは今ならよく分かる。

しかしカグヤには、聞かないという選択肢はない。

カグヤには研究者の矜持《きょうじ》がある。心を抉《えぐ》られるようなことでも受け止める覚悟があった。

それに、気になることもあった。

「……《女神》」

《勇者》を人間に変える存在。

聞いたこともなかった。アズマ達は、現場の人間は知っていたというのか。知らされていなかったのはやはり、「技研《ぎけん》の人間」だからだろうか。

「そして——あの世界は……」

二度も入り込んだのだ。決して偶然などではない。何らかの理由と意図があるはずなのだ。自分だけが入り込んだ理由が。そしてあの世界の存在意義が。

「……」

この時、カグヤの中にある直感が芽生えていた。

直感をカグヤは信じないが、何故《なぜ》かこの時ばかりはそう思ってしまった。あの世界にいるのは、《勇者》になる前の人間だ。

そしてあの世界にいた「ママ」。

サクラの両親は既に亡《な》くなっているはずだ。そのママを、サクラは求めていた。

カグヤの言葉すら届かないほどに。あの世界の光景は、サクラの理想そのものであるように見えた。

つまり《勇者》が見ているものは。

「……《勇者》の元となった人間の理想の世界ってこと?」

《勇者》は、彼等《かれら》は理想の世界を生きている。人間の意識を保ったまま。恐らく、自分が実際置かれた状況すらも分からないまま。

もしこれが事実なら。これまで現れてきた《勇者》は、全て、自分が人を殺していることすら理解できずに虐殺し、自分が作り上げた理想の世界を生きているつもりで化け物になっていたことになる。悪意すら存在せず。

「……趣味が悪い」

そう呟《つぶや》くことしか、今のカグヤには出来なかった。誰にとっても不幸でしかない、胸糞悪《むなくそわる》い事実だった。

それに、分からないことはまだある。

「裏切り者……って、何？」

裏切りとは、味方だった者が寝返ることを指すはずだ。人間じゃないから言葉の使い方を間違えたのだろうか——そんなことを何気なく思って寝転ぶ。

そのまま記録の再生ボタンに手を伸ばした。その手がボタンに触れそうになったところで——コンコン、と部屋扉がノックされた。

(誰？　こんな夜更《よふ》けに)

訝《いぶか》しみながら扉を開けると、アズマ大尉だった。

「あ——お疲れ様です。どうしたんですか、こんな時間に」

「ああいや。まあその、大丈夫かと思って」

「大丈夫……って」

　彼らしくない曖昧な言葉だった。

　アズマは何とも言えない顔でカグヤを見る。部屋の中のコユキに気を遣って、カグヤはそっと廊下に出て扉を閉めた。

「まあ、どちらかといえば大丈夫ではありませんが。そのためだけにこんな時間に？」

「そうではない」とアズマは言う。「ただ、今しか言えないことだから」と。

「今しか、言えない……？」

「昼の戦闘の時。どうして飛び出したんだ」

　対サクラ戦のことを言っているのだと分かった。

「ああいや、……怒っているわけじゃない。ただ、合理的な貴女《あなた》がそこまでするには何か理由があったんだろう？」

　理由。それは、サクラのために。

「……すみません」

　俯《うつむ》いた。命令無視をしたことになるのだから。

「結局特に何もできませんでしたし。迷惑でしたよね」

「いや、別にそれは問題じゃない。……ただその、気になったことがあって」

　アズマの様子が普段と違うことに、カグヤは今になって気付いた。

そもそも深夜に来ている時点でおかしいのだが、それ以上に何か迷っているような――「言うべきかどうか迷っている」ような雰囲気。

「……中尉は」

しかし少しして決意したのか、アズマはまっすぐこちらを見て言う。

「……中尉は《勇者》と何か関係があるのか？」

「え？」カグヤは眉を顰《ひそ》めた。

「何かってなんです？」

「あー、例えば――」

カグヤはアズマの言葉を待つ。アズマは困ったような顔で。

「――例えば、《勇者》とコミュニケーションを取れるのかということだ」

はあ？　とカグヤは首を傾《かし》げる。

「コミュニケーション⁇　本気で言ってますか？」

「冗談や酔狂で言うことだと思うか？」

真剣な顔だった。確かに冗談や酔狂で言うことでもないが。

「結論から言うと、違います。……何故《なぜ》そう思われたんですか？」

「俺はあの時一番近くにいた」

アズマは廊下の壁にもたれかかった。何かを哀愁をもって思い出すように。

「だから、貴女《あなた》のことはよく見えた。《勇者》と――サクラと、何か会話をしていただろう?」

「それは……」

カグヤは言葉に詰まった。会話をしていたのは間違いではない。

ただそれは、その相手は《勇者》でなくサクラだ。化け物に何かを語った記憶はない。

「……ええ……けれど、《勇者》じゃありません。サクラとですよ」

卵が壊されてからほんの数秒だったけど、サクラはあの時確かにサクラだったのだ。顔から
闇が剝がれて、崩れていく身体《からだ》の、サクラそのものと対面した。

「それに《勇者》と会話なんて出来るわけないでしょう。人間の言葉なんて……」

直後、カグヤの記憶に小さな声がフラッシュバックした。

ママ、見て。僕、すごいでしょ。

(……あの録音は一体……)

黙り込んだカグヤを見て、アズマはふと、懐《ふところ》から何かを取り出した。白く小さい、イヤホンのような形。

「……サクラの録音機だ」彼はそう言った。

「昼の戦闘のものだ。輸送車の中から記録されていて、奇跡的にデータは無事だった」

「輸送車の中……」

コユキと彼女が争って、サクラがそれを宥《なだ》めて。サクラと最後のやり取りだ。

「念のために聞いて欲しい。もし俺の勘違いだったら、もうこの話は二度としない」

カグヤは少し戸惑いながらも頷《うなず》く。

いつまでも立っているのはなんだということで、部屋の前を離れて廊下の突き当たりの休憩スペースに移動した。前を歩くアズマの背を追って、カグヤは嫌でも「違い」を思い知る。

彼は男性で、戦闘兵科で、武器を最大限に扱うことが出来る戦闘者。

対して自分は女性で、技研《ぎけん》出身で、戦ったことなんてなかったただの研究者。

今ようやく意識したのは、サクラのことがあったからだ。あそこにいたのがアズマなら、力尽くでもサクラを引き戻すことが出来たかもしれなかったから。

(なんて、ね……もう終わったことなのに)

思考を振り払いながら、カグヤは自嘲する。終わったことに興味はない——というコユキの声が頭で反芻《はんすう》された。

「トリ……何だったか。とりあえず、関係ありそうなところを切ってみた」

「トリミングですね。私としてもそちらの方が分かりやすいです」

そしてアズマの向かいに座る。

音声を聞く覚悟は出来た。アズマは少しだけこちらに目線をやり、再生ボタンを押す。

トリミングの際に何かあったのか、まずザーッと雑音が響いた。その後、唐突に始まる。

『【カグヤちゃん】』と、録音は寂しげな声から始まっていた。

『【ありがとう。助けてくれて】』

優しくて芯のある、彼女らしい声。録音を通じていてもよく分かった。

『【アズマを、私から、助けてくれて】』

カグヤが息を呑《の》む音が入る。

『「覚えて、るの……どこまで……」』

『【さあ。どこまで、だと思う?】』

悪戯《いたずら》っぽい声が哀《かな》しげに歪《ゆが》む。しかしそれもほんの一瞬で、ふわりと誰かに笑った気がした。

『【ありがとう。私を、私のまま殺してくれて】』

誰も殺さないまま死なせてくれて。

『「待ってサクラ!　私……!」』

『【カグヤ、ちゃ——みんなを、よろしくね……】』

録音はそこで終わっていた。

雑音を垂れ流すだけになった録音機を止めて、どう思う?　とアズマが目で問うてくる。

その視線を受けて、カグヤは思ったままを呟《つぶや》く。

「……サクラは最後まで、彼女らしかったと思います」

最後まで誇り高い、カグヤのよく知る彼女の姿だった。

「一番の被害者は自分なのに、誰かを傷付けないように。私に同じことが出来るかどうか」

それを聞いて、アズマはただ目を細めただけだった。

疑ってかかるような尖《とが》った視線。その視線のまま、短く問う。

「何故《なぜ》そう思う？」

「何故《なぜ》って、今の録音を聞けば分かるでしょう」

アズマはいったい何を聞いていたのか。そんな思いで彼を見る。当のアズマは光や位置の関係か、ひどく落ち着いた雰囲気だ。

「サクラは、アズマさんを自分から助けてくれてありがとう、と言ったんですよ。誰も傷付けたくないという、サクラらしい言葉じゃないですか」

「……そうか」

しかしアズマはそれを聞いて、何故《なぜ》か大きなため息を吐《つ》いたのだ。

何かを受け入れたような、諦めたような様子で。

違和感のある反応にカグヤは眉を顰《ひそ》める。

「アズマさん……？」

「やっぱり貴女《あなた》には、これがサクラの声に聞こえているんだな」

「……え」

「中尉。俺にはただの、蟲《むし》の翅音《はおと》にしか聞こえないんだよ」

衝撃というより困惑で、カグヤは絶句する。

蟲《むし》の翅音《はおと》にしか聞こえない？　いったい何を言っているのか――

「サクラの声なんて聞こえなかった。今聞こえたのは、確かに《勇者》の鳴き声だった。――けれど貴女《あなた》はそれと喋《しゃべ》っていた」

蒼白《そうはく》になるカグヤに、アズマは止《とど》めを刺す。

カグヤでさえ思ってもみなかった真実を。

「貴女《あなた》は話が出来るんだな。――《勇者》と」

・・・

《勇者》と会話が出来るのではないか――

と、アズマが最初に思ったのは初戦の、戦士型《タンク》と対峙《たいじ》した時だった。

あの時の、涙の理由が分からなかった。疲れているだけとはどうしても思えず、アズマはその後もカグヤを警戒していたのだ。

シノハラ・カグヤはアズマにとって、ただの隊員の一人ではなかった。それは技研《ぎけん》だからという意味でも人間的な意味でもなく、もっと別のところにあるものだ。

（ただでさえ彼女にはアレがあるのだから。尚更《なおさら》厳重でないと）

そして彼は確かに聞いた――卵を壊された、サクラだった《勇者》《モノ》と言葉を交わす彼女の声マはさほど衝撃は受けなかった。──彼女ならその可能性はあるだろうと、思っていたから。

を。ガサガサと這《は》うような《勇者》の声と、彼女はやり取りをしていた。しかしそれに、アズ
話が出来るんだな、と言われ、カグヤは黙り込んだ。

誤魔化《ごまか》しや気まずさからの沈黙ではないことは分かった。彼女自身、混乱しているのだろう。

彼女自身が打ち立てて来た理論を根底から覆《くつがえ》すようなことに。

「……そんなの、ありえません」

と思えば、カグヤは顔を上げてしっかりとこちらを見据える。

「《勇者》は、元人間だけど、それでも人外の存在なんです。話すなんてそんな……」

「だけど貴女《あなた》はサクラの声を聴いたんだろう」

アズマは食い下がる。

「サクラはなんと言っていたんだ。前の《勇者》の声も聴いたのか？」

カグヤは、全く彼女らしくもない蒼白《そうはく》な表情をしている。別に責めているわけではないのに
と不思議に思うアズマに対し、カグヤはしどろもどろだ。

「き──聴きました、よ。でもまさかそれが、《勇者》の声だなんて思いませんでした」

カグヤは混乱しているらしい。唇を結んで、逃げ出したいと思っているのが丸分かりだ。

「中尉」と、アズマはカグヤにこちらを向かせる。

「とにかく貴女《あなた》が、俺達には分からない《勇者》の言葉を聞けることは確かなんだ。もし何か知っているなら、協力を頼みたい」

「……知っていることなんて、何もありません」

カグヤはアズマをそっと拒絶した。

「私は結局、……偉ぶっていても結局ただの人間です。友達一人も救えないただの」

「中尉……」

「もし知っていることがあるなら伝えますよ。それに、別に戦闘に有用なことを言っているわけじゃないし——今更知っても戦局に役立つことなどありません」

「サクラは仲間だ」

「そうですけど、でも他の《勇者》は関係ないでしょう。顔も知らないんだから——」

「サキガヤ・ユウジ」

先日知った名前と情報だ。カグヤが最初に遭った《勇者》の、元の人間の。

「両親の離婚と再婚であの住宅地に住み始めて、被虐待経験あり。享年は五歳だ。ヒーローものが好きだったそうだ」

「……」

「《勇者》は元人間だ。俺達はこれまで誰もがそれを知りながら実感も湧かなかった」

言葉も通じず外見は異形《いぎょう》なのだから当然のことなのだが、知性のない化け物退治をしているような感覚に陥りかけることがある。

「だが貴女《あなた》も、今日見ただろう。《女神》の存在を。《勇者》以上に正体不明な化け物が人間を《勇者》に変えていることを」

「《女神》……アレは、なんなんですか？」

カグヤは少し泣きそうな声になっていた。

「聞いたこともなかった……人間が《勇者》になる元凶があったなんて……現場の人間は知っているんですか？　ならどうして……」

「《女神》を目撃すること自体、とても稀《まれ》だ。だから知らない者も多いし、言っても見るまで信じない。立ち合おうとして出来るものでもないしな。圧倒的多数が信じないものを信じさせるのはとても難しいんだ」

それは貴女《あなた》もよく知っているだろうと、アズマはそう付け加える。

「だが俺達は誰よりもよく知っている。《勇者》が本当は、被害者でもあるということを」

「……《勇者》は斃《たお》すべき存在、ではないのですか」

「その通りだ。それに俺は《勇者》を人間と同一視しているわけでもないし、憐《あわ》れんでいるわけでもない」

「ならどうして——戦闘には役に立たないのに。貴方《あなた》がたのノイズになるだけです！」

控えめながらも叫ぶカグヤ。

「《勇者》を元人間だと自覚すれば、それだけ辛《つら》い思いをするだけです。それなのに何故《なぜ》――」

「役に立つかどうかだけで物事を考えるのか？　貴女《あなた》にとって意味があることとはなんだ？」

アズマは知らず饒舌《じょうぜつ》になっていた。相手が立場の違う研究員だから、かもしれない。

それか、無意識にもこちらを思いやったカグヤに、感じるところがあったのかもしれない。

「俺にとって意味があることは、これ以上誰も死なないようにすることだ。……それは、これから《勇者》になるかもしれない人間達も含まれるんだよ、中尉」

・・・

その言葉を聞き、カグヤはきゅっと唇を結ぶ。

カグヤにとって意味があることは「《勇者》を人間に戻す」ことだ。その研究に役に立つと信じたから、こんな前線まで出て来たわけで。

《勇者》と話せることは、確かに持ち帰れば大きなアドバンテージになるだろう。

けれど前線の彼等《かれら》にとっては、寧《むし》ろノイズにしかならない。元人間だということを自覚して、より知ってしまえば、彼等《かれら》の心の重荷になるとカグヤは思ったのだ。

（だから記録を取らないんだと思っていた）

カグヤのアズマ達への印象が変わりつつあった。彼等《かれら》は、ただ斃《たお》すことしか考えていない人間ではない。《勇者》と正面から向き合って戦える者達なのだ。

だからこそ彼女も、彼等《かれら》を信用しようとそう思った。

「……信じてもらえないかもしれませんが——」

そしてカグヤは語り出した。自分が見た世界を。

最初に会った《勇者》の世界。彼等《かれら》は、サクラのいた世界のことを。

打ち立てた仮説も話した。彼等は、理想の世界に生きている。

現実世界のことを全て忘れて、最初からその世界の住民であったかのように思い込むことも。

「彼等は自分が化け物になっていることに気付いてはいない。生前のことは忘れ、彼等《かれら》の思う理想の世界に生きている。……転生、と言い換えてもいいかもしれません」

転生。死んだ後、別の世界に生まれること。

《勇者》は人間を素体として生まれている。だがその内面までは誰にも分からない。

「つまりなんだ、あいつらには意識があり、転生しているつもりで人を殺していると？　いや……人殺しを理想としているわけがないから、それすらも理解せず？」

「ええ。私がどうしてそこに入れたのかは分かりませんが、私の入った場所はそういう場所だったんだと思います」

《勇者》は元人間で、そして死んでもなお——自分が死んでいることも、化け物に成り下がったことも、虐殺と破壊を繰り返していることすら気付かない。その世界にいる限り。

「そんなの、あまりにも酷《ひど》いじゃないですか」

カグヤは義憤に声を上げた。泣き出しそうな声で。

「彼等《かれら》は救いを求めただけなのに、化け物として、恨まれて死んでいくんですよ。自分が何者だったかも忘れて……何をしたのかも知らず」

「……」

アズマは黙り込んでしまった。

そんな彼を前に、カグヤははっとする。実際に命を懸けて《勇者》と戦っている彼等に言っていい言葉ではなかった。

「す……すみません……その、そんなつもりじゃなくて――」

「……珍しいな。貴女《あなた》が自分から謝るなんて」

アズマに少し笑われて、カグヤはちょっとだけむっとする。

「貴女《あなた》が《勇者》を殴った直後、《勇者》の動きは止まった」

その様子を知らないカグヤは、黙ってアズマの話を聞く。

「《勇者》の中にいる人間に干渉したことで、動きを止められたんだろう。貴女《あなた》が動きを奪った隙に卵を壊せれば、大きな被害を出さずに終わらせることが出来る」

頷《うなず》く。カグヤもまさに今、同じことを考えていたから。

誰も死なせずに、その《勇者》を救うことが出来る。

「多分……俺達が今考えていることは全く同じだ。それで改めて言う――」

アズマはカグヤに手を差し出す。

「協力してくれるか？　中尉」

カグヤは今度はしっかりと頷《うなず》き、その手を取った。

二―二

「――というわけで、先程説明した特殊作戦を導入する。各位理解したな？」

翌日。隊舎の一階、会議ホールには、アズマとカグヤを含む全員が揃《そろ》っていた。

アズマとカグヤ、コユキ、リンドウ。その全員が、カグヤが録《と》った録音を聴いていた。そして動揺が走っていた。

「……聞いてるか？　お前ら」

「聞いてるかじゃねぇよアズマ。この録音一体なんなんだ⁉」

リンドウが椅子を蹴っ飛ばす勢いで立ち上がる。

「てか――《勇者》の方はいつも通りだけどよぉ、そこの中尉は《勇者》と会話してるように見えるぞ。本当にこいつは人間――」

「やめろリンドウ」

心底面倒そうに止めたアズマは、すうっと目を細めて全員を見渡した。

「俄《にわか》には信じられないのも分かるが、俺や中尉がこんな嘘《うそ》を吐《つ》いても誰も得をしない」

それには誰も異を唱えなかった。

「……じゃあなんだ。シノハラ中尉はマジで《勇者》と話せるってことかよ」

「そう考える以外に現状、合理的な解決が無い」

アズマの、嫌になるほどに冷静沈着な声。

「どうだリンドウ。まだ信じたくない、か？」

チッと、リンドウは舌打ちとともに座り直した。

「お前の言う通り、そこの中尉が嘘《うそ》を吐《つ》くメリットは何もない。だからって俺は心底から無条件で信頼してるわけじゃない。それに――」

リンドウはそのまま、目線だけをアズマに向けた。睨《にら》み付《つ》けるように。

「何をするって？　聞き違いじゃなきゃ《勇者》に話しかけるって聞こえたんだが？」

「聞き違いじゃない。その通りだ。シノハラ・カグヤ中尉が《勇者》と意思疎通が可能という前提の下、対話により解決を図る」

「嘘《うそ》だろおい……まさか仲良くお喋《しゃべ》りでもしろってのかよ？」

リンドウは後ろに仰《の》け反《ぞ》った。椅子がギィと危なげな音を立てる。

彼等《かれら》にとって《勇者》は敵だ。言葉の通じない敵。言葉が通じると考える方がおかしい。

「っつうか、仮にそこの女が喋《しゃべ》れるとして、それでどうするんだ⁉　話が通じたとしても、伝えることなんてねぇだろ！　《勇者》はもう死んでるんだからよ！」

「リンドウの言う通りよ」

追随したのはコユキだ。

「シノハラさんが『卵』を通じて《勇者》にコンタクト出来るのはともかく、それでどうするって話でしょ。死んでるやつに自分が死んでることを気付かせても、ただ混乱するだけよ」

全て終わったことを伝えても何の意味もない。

「《勇者》は殺すしかないよ。言葉なんて届かない。ンなこと分かってるでしょ」

「いいえ。そうとも限りません」

カグヤの一言に、アズマ以外のその場の全員の視線が集まる。

「内面は普通の人と同じなのですから。言葉自体は届きます」

「だから、それでどーするっつってんだよ！」

リンドウが立ち上がって叫んだ。

「道徳の時間やってんじゃないんだ！　《勇者》が元人間で意識があるってのは分かった、だがそれで『みんなが迷惑するから死んでください』とでも言うのか？　それが聞き入れられるとでも⁉　なんの意味もないだろうが！」

「いいえ……ユメウラ少尉。《勇者》が人間に戻れなくても、誰かを傷付けるのをやめさせることはできます。決して無意味ではないんです」

サクラは、「『私から』助けてくれてありがとう」と言った。攻撃している時は分からなくとも、最期に――散る瞬間に全てに気付くのだろう。

サクラも他の《勇者》達も、自分が人を傷付けたことを悟って死んで行く。

これまでの人生で得た幸せの記憶ではなく、殺した記憶だけを持って。

「……それにまあ、攻撃が止《や》むという点では有用かと思いますし」

「中尉の言う通りだ、リンドウ。心に訴えかける余地があるなら声をかける意義はある」

「声かけただけでなんとかなるなら、今こんな面倒なことになってないだろうが」

正論。誰も異を唱えられないからこそ暴力的な主張。

「それに――その作戦ってのも俺は気に入らない」

「私もよアズマ」コユキが追随する。

「そんなあやふやなもののために、シノハラさんを《勇者》から護《まも》って戦わなきゃならないなんて。こっちは命張ってんのよ？　そんなのやってられないわ」

「気持ちは分かる、コユキ」

アズマは真摯に目を合わせる。

「だが――もし、だ。もし俺達でも対処できない《勇者》が現れたら？　その場合の切り札になる。これは俺から頼んだことでもあるんだ」

「……」

「それに、俺達がいつかそういう《勇者》になるかもしれない」

アズマの援護に、コユキは難しい顔をしながらもそれ以上は何も言わなかった。

しかしリンドウはまだ不満そうだ。ガラの悪い様子でアズマに嚙《か》みつく。

「……アズマ。お前はどうしてそう平気でいられる」

ぎり、と歯嚙《はが》みして。

「《勇者》に言葉が届かないってのはお前が誰より知ってるはずだろ。今更何言ったたって遅いって分かってる癖によ……！」

アズマはそれに応えなかった。

肯定も否定もしなかった。

二―三

カグヤの正式な初陣《ういじん》は次の日だった。

対《勇者》戦は多くの場合、不規則である。

災害や事故や犯罪と同じように、スケジュールが決まっているわけではない。予防策はないわけではないものの、後手に回るのが基本だ。

場所は水道橋。かつて大学や遊園地施設があった場所である。

『《勇者》出現第一報から十五分が経《た》ってるわ』

オペレーターのミライ少佐が、通信にて状況を説明してくれる。

『場所は水道橋《すいどうばし》駅前にあるビル大学の研究棟。学生はあまりいなかったようだけど、何人かが被害に遭ったみたい』

アズマは舌打ちでもしそうな顔で苦い声を出す。

「大学生か……ギリギリ見えるか見えないかって年齢だな」

『そーね。しかも学生って言ったら無鉄砲な子も多いし、半端《はんぱ》に見えちゃう学生が余計なことしないといいんだけど……』

——敵は、女神像だった。

大学の二階ロビーにいたのは、顔を黒く塗り潰された、身長はほぼ人間と変わらない石膏《せっこう》製の女神像。自由の女神にも似たデザインの彼女は、石膏《せっこう》の重い身体《からだ》を自在に動かし周囲を無差別に破壊していく。

その対象は人間にも容赦なく向き、辺りには複数の人間だったものが転がっていた。年齢も性別も様々で、その全てが頭を潰されている。

『先行隊……緊急対応班は全滅のようだな』

中には軍指定の野戦服を着た者も複数いる。消防局と同じだけ数が存在するという、第一次対応の緊急対応班だ。

その精鋭が多いはずの緊急対応班は、一般人とともに全員が頭を潰され絶命している。戦った跡も見えるが、一方的という言葉が正確なように見えた。

『さて、各位。昨日の作戦概要は覚えているな？』

アズマが声をかけると、回線が露骨なくらいに凍り付く。

『覚えてるけどさぁ』と、ややあって発言したのはコユキだった。

『このシノハラさんを護《まも》りながら戦わなきゃならないんでしょ？　そんな面倒なことしてられないっての』

『コユキ……』

『ただでさえ《勇者》戦はキツいってのに、足手纏《あしでまと》いを護《まも》りながら戦う余裕なんてないのよ』

まあそれが正常な判断だろうな――とカグヤも素直に思った。

命懸けの戦場では一分一秒が生死を分かつ。ただでさえ《勇者》という訳の分からない存在を相手に、非力な人間を護《まも》る余裕などないだろう。

『コユキ。言いたいことはよく分かるが、昨日既に合意したものだ。このまま進め――』

「待ってください、アズマさん」

大学の一教室に隠れながら、カグヤは無線に声をかける。

「アサハル少尉。私が合わせます。射線に被《かぶ》っても気にしなくて構いませんから」

『はぁ？　舐《な》めないでくれる？』

コユキはカグヤの言葉を、おそらく少し青筋を立てながら嗤《わら》った。

『前はトチったけどね。アンタに気を遣われなきゃならないほど下手じゃないから！』

「は、はあ……」

コユキの剣幕に、カグヤは苦笑いするしかなかった。

『卵はちょうど人間でいう心臓部だ。なるべく被害を出さないように』

アズマの一言でその場の空気が引き締まったのをカグヤは感じた。各自が散って、この《勇者》の攻撃を外に出さないように陣形を取る。

陣形の四方から様々な銃にて射撃が行われる。爆発音と建物が崩れる音が複数響いて、目を開けた時には女神像はボロボロになっていた。

右腕が欠け、左脚がなくなっている。もうまともに立つことも出来ない。

だがそれも数秒ほどの間だけだった。

女神像はほんの数秒撓《たお》れていたが、ゴロリと重厚な音を立てつつすぐに立ち上がる。

その姿を見てコユキが舌打ちした。右腕も左脚も完治していたからだ。

『治癒師《ヒーラー》型か。いっちばん相性悪いの来た』

治癒師型《ヒーラー》とは回復特化の《勇者》だ。即死以外はかすり傷といった具合に、全ての傷が数秒で完治する。

『中尉』と、アズマの確認。

『今度はどうだ？』

「間違いなく治癒師型《ヒーラー》です。攻撃力が弱く、俊敏性もない。それに、切断された部分が消えないのが魔導師型《ウィザード》とは違うところです」

治癒師型《ヒーラー》は無限に自己再生する《勇者》だ。損傷部分が消えないのも攻撃の一つで、あまり長引かせると切断部分でその場が埋まる。

「耐久性に特化したような《勇者》ですから、小さく攻撃を続けても意味はありません。動きを止めるならコユキの砲撃ですね、その後私が――」

『分かった。俺が行こう』

「はい、分かりま――え？？？」

カグヤの身体《からだ》がひょいと宙に浮いた。

視線が随分と高くなり、手と足が宙に浮き、腰に手が添えられ、胴体の一点に重心が移動し。

「なっ……何してるんですか‼」

俵持ちでアズマの肩に担《かつ》がれていることが分かった。人一人分を抱えているにも拘《かか》わらず、アズマは平気な顔だ。

「何って人間を俵持ちにしただけだが」

「だが、じゃないです！　戦場だからってセクハラが不問になるわけじゃ——」

「やむを得ない事情だ」

アズマは左手でカグヤを抱えたまま、右手だけで器用に刀を抜く。お世辞にも美しいとはいえない脈打つ刀は、彼の手にすっと馴染《なじ》んだ。

「こっちの方が効率がいいんだよ。貴女《あなた》がコユキの砲撃を避《さ》けられるわけがないし、近くに俺がいた方が安全だろう」

「そ……それはそうですけど。私を抱えてだと戦えないのでは……」

「舐《な》めるなよ中尉」

奇《く》しくもコユキと同じ言葉だ。実力に裏打ちされた、誇りを持つ声。

「荷物を抱えていようと問題ない。このくらいの障害で刀を振れなくなるほど弱くはない」

「荷物て……」

まあお荷物だけど、とカグヤは呆《あき》れ気味に思う。それでも本当に荷物みたいに抱えられるとは思わなかったが。

「い、いやそういう問題じゃないですよ！　もし駄目だったらどうするんですか!!　重さのバランスが偏っている中で刀を振るのは——」

「少しは信頼しろって」

呆《あき》れた声が耳元を擽《くすぐ》る。

ひっと右耳を押さえた。ため息とともに出された声は、アズマはどうでもいいのだろうがカグヤには少し刺激が強い。

「ああ、それともお姫様抱っこの方がよかったか？」

「……後で覚えていてくださいよ」

絶対に人事局に密告《チク》ってやる――一応命のやり取りをする場にいながらそんな呑気《のんき》なことを考えていたら。

《勇者》がこちらに気が付いた。表情を隠す暗闇の奥から、地を這《は》ううめき声を上げる。

【シャア――ガガガガガ――】

「動きを止めたら攻撃。いいな？」

頷《うなず》く。アズマが《勇者》の動きを止めたら、カグヤが殴って《勇者》の中に侵入《はい》るのだ。相手は動きがそこまで速くない――さほど難しくはないはずだ。

「停《と》まったら後は俺達が――ッ!?」

「アズマさん！」

アズマのバランスが右に大きく崩れた。

転がっていた《勇者》の腕が襲いかかってきたのだ。

自律行動をしている腕は、まるで本体がそこにいるかのように腕を振り回す。動きは俊敏ではないものの、その一発一発は抉《えぐ》るように重い。

掠《さら》っただけでもダメージが大きい中、アズマは紙一重で攻撃を避けた。さらにもう一発、それも避け、アズマは次の瞬間腕を両断する。

【アアァァア――‼】

《勇者》の叫びが聞こえた後、両断された腕は再び再生した。

切り落とされた腕はまた動き出し、残された切断部もゴロリと動き出す。

「チッ……面倒だな」

斬れば斬るほど、相手に有利な状況になる。なるほどこれはてこずる相手。

アズマは武器を逆手に持ち替え、腕を殴り飛ばした。その時に散った欠片《かけら》すら動き、腕や足とともに彼等《かれら》二人を襲う。

《勇者》の本体はリンドウの猛攻とやり合っている最中だ。あちらも視認できないほどの動きで接近戦をしている。唖然《あぜん》として見ていると、

「……ッ⁉」

欠片《かけら》の一つがカグヤに急接近した。

左から襲い来る腕の重量と痛みを覚悟し目を瞑《つぶ》ったが――

砲撃音。

『行くならさっさと行って！』

コユキだった。彼女はアズマを襲う腕を的確に撃ち落としつつ、二人の道筋を作っていく。

その隙を見計らいアズマが飛び出した。目の前にはリンドウと戦闘中の《勇者》。像の腕を増やし、まるで千手観音《せんじゅかんのん》と自由の女神が合体したような姿で、リンドウを翻弄していた。

しかしリンドウ自身の身体能力やコユキ他数名の援護により、一方的な蹂躙《じゅうりん》にはなっていない——アズマ達が背後から近づける程度には渡り合えていた。

「行くぞ」と短い号令でアズマは走る。

カグヤも覚悟を決めた。恐らく一撃でも当てれば侵入《はい》れるはずだ。銃を構え、いつでも殴れるように態勢を整えた時。

シャッター音がした。


「うわヤッベェ!!　絶対バズるぞこれ!!」


「!?」

その場の全員——《勇者》を含めた全員がそちらを見た。

派手な若者だ。無防備で警戒心のない——年齢的にまだ《勇者》が見えているだろう青年。

スマホを構えてこちらを撮っており、その顔は下卑《げび》た好奇心と承認欲求で染まっている。

こんな騒がしい人間に。《勇者》が反応しないわけがなかった。

「クッソ！」

一番近くにいたのはリンドウだ。超速で若者を襲う《勇者》と若者の間に入る。しかし、無数の腕での猛攻は彼一人では捌《さば》き切れない。

一か所抉《えぐ》られればすぐに崩れ、身体《からだ》の一部を摑《つか》まれ万力《まんりき》で潰される。あと数秒もしないうちに腕や脚も使えなくなるだろう――カグヤは思わず叫んだ。

「アズマさん!!　私を投げてください!!」

「はあ!?」

心底驚いた風に大声を出すアズマ。

「投げるって――」

「その方が早いです！」

「なっ……あいつがこっちに気付いたらどうする！」

宙を飛ぶカグヤは攻撃を避けられない。

「心配しなくてもリンドウはあんなことで死ぬような奴《やつ》じゃな――」

「違います」

カグヤはすっと目を細め、静かに呟《つぶや》いた。

「あの子に、これ以上誰も殺させたくない」

アズマはその言葉に目を見開いた。そして、直後に笑う。

「研究者にしては肝が据わっている——ようだな！」

ひゅん、とカグヤの身体《からだ》が急に支えを失った。直後に後悔しかけるほどの浮遊感が襲い、カグヤは飛ぶ。

強すぎず弱すぎない。最短距離で的確に《勇者》の背を目掛けて。

攻撃は大して意味をなさないことにカグヤは気付いていた。銃を構えながらも、カグヤはその腕を広げる。

目が合ったリンドウが唖然《あぜん》としていた。その姿すら視界から外し、カグヤは《勇者》の背を目掛けて、思い切り抱き着いた。

「ッあああ!!」

脳髄を引き絞られるような頭痛。その頭痛とともに、カグヤは、目の前の《勇者》に自らを浸透させていく。ほんの一瞬、泣きそうな顔で佇《たたず》む少女の顔が見えた——

二—四

『——その《勇者》の、人間の時の名前は朝倉麗奈《アサクラレイナ》。元は中学二年生の女の子で、家族は両親と妹が一人。で、今日の朝、学校の屋上から飛び降りた記録が残ってる』

現場への移動中、カグヤはミライ少佐より《勇者》の情報を伝えられていた。

『学校の人間関係のトラブルというか――クラスにあまり馴染《なじ》めてなかったというか。まあ所謂《いわ》ゆる、虐《いじ》めに遭ってたってことだね。妹と一緒に虐待も受けてたようだし、幸せな人生とは言《い》い難《がた》かったようだよ』

朝倉麗奈《アサクラレイナ》。それが彼女の名前。

顔を塗り潰された、殺戮《さつりく》の《勇者》の人間だった頃の名前。

『でも、本当に大丈夫なの？　中尉』

ミライ少佐の言葉が続けて頭に浮かぶ。気遣わしげな声で。

『朝倉麗奈《アサクラレイナ》はね――今、夢の世界にいるの。誰からも虐《いじ》められず、誰からも愛されて認められる世界に。そんな世界から彼女を連れ出すことが出来る？　彼女がそれを了承して、納得して、おとなしく死んでくれると思う？』

「……」

最も残酷なのは、連れ出したところで死ぬしかないというところだ。

現実を突き付け、せっかく得た第二の生を放棄させ、死へ導く。これまでずっと不幸だった少女に、それは妄想でみんなの迷惑だから止めろと言う。

決して楽しい任務ではない。それどころか精神をひどく削られるだろう。――けど。

「……朝倉麗奈《アサクラレイナ》には、妹がいると聞きました」

せめてもの救いにと、カグヤは静かに語る。

「彼女にも麗奈《レイナ》の姿は見える。彼女が異形《いぎょう》になって人を殺すことを、その妹はきっと許せないでしょう。アサクラ・ユウナはお姉さんが大好きだったそうですから」

顔を塗り潰され、女神像の表情は分からない。泣いているのか笑っているのか。

朝倉麗奈《アサクラレイナ》のことをカグヤは全く知らない。何を大切にしていて、何が我慢ならないことで、何が好きで嫌いで、何が幸せだったのか。人生の中で幸せだと思える時期があったのか。

だが全てを飲み込み、カグヤはこう答えた。

「恨まれるかもしれないけれど、それでも助けたいんです」と。

抱き着いた瞬間衝撃を与え、彼女は麗奈《レイナ》の声を聞く。

(聞こえる。朝倉麗奈《アサクラレイナ》の声)

笑っていた。楽しそうに。きっと彼女の前世ではありえなかったのだろう幸せな声。どんな良いことがあったのだろう、誰かと微笑《ほほえ》ましく笑っている。

きっと幸せで、希望に満ちているのだろう。これからのことで期待が胸いっぱいに膨らんでいるのだろう――

(ごめんね、麗奈《レイナ》ちゃん)

――今から自分が叩《たた》き潰《つぶ》すものだ。

・・・

そこは、とても美しい場所だった。

ある王国の城の中。彼女は民衆の治療を行っていた。聖女の能力を持つ彼女は、頭に手をかざしただけで怪我《けが》や病気を治すことが出来る。そうやって「聖女」として、彼女——麗奈《レイナ》は周囲の人に愛されていた。

「聖女様万歳！」「ありがとうございます聖女様！」

褒められて感謝されて、麗奈《レイナ》はとても素敵な気分だった。少し前まで、何故《なぜ》か自分には違う姿があると思い込んでいたが、今ではただの笑い話だ。

聖女の治癒力を頼りにして、麗奈《レイナ》の前には列が出来るほどだった。そのうちの一人、子供を抱えた母親が涙目になって頼んでくる。

「聖女様、うちの子が怪我《けが》してしまって薬も効かないんです！　どうか助けてください！」

「ええ。大丈夫ですよ」

そして麗奈《レイナ》は子供の頭に手をかざす。村人らしい子供の頭に光が照射され、すうっと怪我《けが》が治っていった。

「ありがとうございます聖女様……！　なんとお礼をすればよいか！」

「いえいえ。私は当然のことをしたまでですよ」

そして母親と子供が去った後。

麗奈《レイナ》は強い視線を感じて振り返る。そこには一人の少女がいた。

「……え」

彼女の存在は、麗奈《レイナ》にとってはひどく心を荒らすものに思えた。

「あなた、誰……？」

到底この城には似合わない泥だらけの服で、何か必死に伝えようとしてくる。摑《つか》みかからんばかりの勢いで、少女は麗奈《レイナ》に何かを訴えてくる。

「え、あなた……」

その少女に涙が浮かんでいるのを見て、麗奈《レイナ》は息を吞《の》んだ。涙など見慣れているはずなのに。

「ご、ごめんね、辛《つら》いんだろうけど、並んでもらわないと――」

【辛《つら》かったわね】

少女の、どこか遠くから聞こえるような声に麗奈《レイナ》は一歩後ずさる。

【けれどこれ以上――貴女《あなた》に辛《つら》い思いをしてほしくない】

泥まみれの少女は必死だった。麗奈《レイナ》にも分かるほどに。その異質さは麗奈《レイナ》を不安にさせる。

【貴女《あなた》の名前は朝倉麗奈《アサクラレイナ》。この世界は】

朝倉麗奈《アサクラレイナ》――聞いたことがないはずなのによく知る名前を聞いて、麗奈《レイナ》は目を見開く。

この世界は。

【この暖かくて美しい世界は、貴女《あなた》のつくった幻でしかないの】

「……え？」

今聞いたことを一瞬遅れて飲み込み、啞然《あぜん》とする。

聞き違いだろうか？　幻？　そんなわけがない。

【そして私は、その幻を壊しにきた】

「……何ですって？」

幸せな甘い夢の中。麗奈《レイナ》の中で何かがぐらつく音がする。

誰にも邪魔されることのない理想の世界を、崩す声。

【よく見て。貴女《あなた》が何をしているか。幸せな夢を見ているけれど、貴女《あなた》は――誰も救ってなんかない。このままだと貴女《あなた》はもっと酷《ひど》いことになる！】

ピシッ、と何かにヒビが入るような音がした。ガラスでできたコップを落とした時のような音だった。だがヒビが入ったのはガラスなんかではなく――もっと美しくて脆《もろ》い、彼女の世界。

視界が一瞬歪《ゆが》む。涙で滲《にじ》んだように辺りがぼやけて、一瞬別の色が混じった。

赤色だ。血のように赤い色。口紅の色だと何故《なぜ》か気付いた。

あの女の醜い笑みと、それを彩《いろど》るルージュの赤。それを思い出した瞬間、抑えていたものが溢《あふ》れ出《だ》すかのような強い吐き気を覚えた。

「い、いや……な、何を言ってるの？　変なこと言うなら追い出してもらうから！」

泣き出すような言葉は溢《あふ》れる。ルージュの赤は嘲笑と暴力の前兆だ。

「私はこの国の聖女なの！　朝倉麗奈《アサクラレイナ》なんて知らない！」

朝倉麗奈《アサクラレイナ》なんて人、知らない。

「それに、いったい何の話なの⁉　私は何もしてない！」

感情が否応《いやおう》なしに高まる。

反射で抑えようとした。聖女は感情が昂《たかぶ》ると周囲に悪い影響を与えるのだ。

そのルールを守って、抑えるように目を瞑《つぶ》った彼女に、——音が聞こえた。

ぐちゅっ、と、何かを潰すような。それと少女の叫び声。

思わず目を開けた。少女は脇腹を押さえてうずくまっている。そこから出血しているのを見て、麗奈《レイナ》は息を呑《の》んだ。

【ぐう……ッ】

「だ、大丈夫——」

駆け寄ろうとして、麗奈《レイナ》は気付く。少女の脇を抉《えぐ》ったのは自分の腕だ。

「え——」

正確には、自分の腕によく似た何か、だった。自分の腕のほかに一本、別の何かが生まれて目の前の少女を貫いている。

【覚えがあるでしょう？　この感覚。摑《つか》むような感覚が】

「……ッ！」

覚えが——あった。

村人を治す時、確かに何かに触れるような感覚があったのだ。

【私は貴女《あなた》のことをまだよく知らない。けれど貴女《あなた》を愛するものや、貴女《あなた》が愛するものがあったことは知っている】

少女は脇腹を押さえたまま立ち上がる。

【思い出してくれるだけでいいの。私は貴女《あなた》に、何も知らないまま——何も思い出せないまま死んでほしくない】

「思い、出す……」

思い出す。ルージュの赤は嘲笑の前兆。不幸の象徴。

煙草《たばこ》と酒の匂いと、怒鳴り声。悪い記憶ばかり。

だけど少女は言葉を重ねる。

【私は貴女《あなた》に、貴女《あなた》を愛する人がいたことを、思い出してほしいの】

その奥にひっそりと隠れていた少女の影が像を結んだ。お姉ちゃんと呼ぶか細い声が頭の中に反響する。その少女の——少女の名前は。

「ユウナ……」

そう呟《つぶや》いた瞬間、麗奈《レイナ》の周囲で風が舞った。

その風に巻かれながら麗奈《レイナ》は思い出す。彼女の全く美しくない記憶を。荒れた家庭や馴染《なじ》めない学校、幸せなどなかった記憶を――

「……」

――本当にそうだっただろうか。本当に何一つもなかっただろうか。

風が全て収まった時、彼女の周りにはもう誰もいなかった。

いや――最初から誰もいなかったのだ。静かな空間で、麗奈《レイナ》はぽそりと呟《つぶや》く。

「……本当は分かってた。こんなの、まやかしだって」

ただ一人残っていた少女に、麗奈《レイナ》は自嘲気味に呟《つぶや》く。

「だって、何かが足りなかったんだもの。いつも――幸せだったけど、いつも何かが足りないと思ってた」

何も不満はないはずなのに、どこか満たされない気持ちがあった。

複雑な顔をする少女に尋《き》く。ここがただの理想、妄想であることは理解したが。

「私は今、どうなってるの？」

【……身体《からだ》だけが、動いているわ】

そう言われても、あまり実感が出来ない言葉だった。自分の身体《からだ》はここにある――と彼女は思っているのだから。

「じゃあ私は、何をすればいいの？」

【それは――】少女は黙り込んだ。その様子で麗奈《レイナ》は勘付く。

「……どうにも出来ない、ってこと……？」

少女は何も言わず頷《うなず》いた。それに麗奈《レイナ》は寂しく笑っただけだった。

自分でも薄々感じていた。幸せで楽しいけれど、ここではないどこかに、大切なものを置き忘れてきたような。

それは思い出であったり、自分の人としての命であったり、そういうものなんだろう。

【で、でも貴女《あなた》は何も悪くない！　貴女《あなた》は別の存在にそうされただけで……！】

「いいの」

麗奈《レイナ》は哀《かな》しく笑う。

「私がこんな綺麗《きれい》な夢、見られるはずもないもの」

少しだけ低い声が、壊れた世界に響く。

この世界の終わりに、彼女は驚かない。いつか終わる夢だったのだから。

【……】

「なんてね。冗談よ。でも私、誰かを傷付けてまで幸せになりたくないから」

麗奈《レイナ》は、これまでの人生で何度も誰かに傷付けられてきた。

その記憶はあまりに多すぎて、いちいち数える暇すらない。

だからこそ、誰も傷付けたくないと決め、気を張って、逆にそれが被害の初端となったのだ。

「そんな私が誰かを傷付けて終わるなんて嫌だもの。いろんなことをされたけど、……私はこれまで誰も傷付けなかったことが唯一の誇りだったんだから」

誰に悪意を向けられても。悪意を返すことも、弱い誰かに悪意を向けることもしなかった。

それは、極限まで追い詰められた彼女のたった一つの矜持《きょうじ》だった。

「そんな私が、死んでから誰かを傷付けるなんてね……笑える話だわ」

【麗奈《レイナ》、ちゃん……】

「ありがとう。私の目を覚まさせてくれて。——こんな偽りの理想を拒絶してくれて」

これ以上、誰も殺させないでくれて——

そう思った瞬間、彼女の中で何かが壊れた音がした。

それは彼女自身の終わりを告げる音であり、同時に救済の徴《しるし》でもあった。自分を縛っていた鎖が切れたような、そんな音でもあった。

それを感じ取り、朝倉麗奈《アサクラレイナ》は朗らかに笑う。

視界が明るくなっていった。一瞬、少女と同じ服を着た少年達が見えた。目線を無理やり横に向けると、少女が自分に固く抱き着いていることに気付く。

こんな風に抱きしめられたのはいつぶりだろうか。その温かみに目を見開いて、そして目を細め、最後に彼女に伝えた。

「ありがとう、さよな――」

・・・

「中尉‼」

カグヤが女神像に抱き着いた直後、どちらもそのまま動かなくなった。

潰されそうになっていたリンドウがどうにか立ち上がる。若者を蹴り飛ばすようにして避難させ、《勇者》に殴りかかろうとしているのを止めた。

「待て。もういい」

「ああ⁉　止めんじゃねえよアズマ‼」

「……もう終わる」

《勇者》の攻勢が失われていた。

完全に停止した《勇者》の顔を纏《まと》う闇。それが、まるで呪いが解けるようにはらはらと消えていっている。中から、涙を浮かべながらも安らかな少女の顔が現れた。

美少女でもそうでなくもない、どこにでもいる少女だった。

リンドウは唖然《あぜん》としている。

「なんで……まだ『卵』壊してもねぇのに」

「……自壊しているんだ」

アズマは心底驚いていた。こんなことは初めてだ。《勇者》が自壊するなど。

「はぁ？　どういうことだ。中尉がやったのか？」

「きっかけはそう、だろうな――だがそれ以上に」

虚《むな》しく自壊する《勇者》の身体《からだ》を見つめる。ひび割れ、ごろりとその場に崩れた身体《からだ》を。

「元の人間が《女神》に打ち勝ったんだ。《女神》の言う通り動くだけの人形じゃなくなったんだよ」

「……そいつは、なんだ。良いことなのか」

「多分、な」

アズマはずっと、《勇者》を殺すべきもの、斃《たお》すものと認識していた。

その認識は今も変わらない。頭を潰された死体の山を見て思う――斃《たお》すべきものだ。

同情すべき存在でも共感する存在でもない。敵視してしかるべきだ。

だが、憎悪《ぞうお》するほどの存在でもないのかもしれない――と少しだけ思った。そう思ったことに彼自身が何よりも驚いた。

《勇者》を憎み、嫌うのは変わることなどないと思っていたのだが。

「う……ん」

カグヤはいつの間にか目を覚ましていた。

中尉、と呼びかけてみる。しかし当のカグヤはアズマには目もくれず、《勇者》の最期《さいご》の言葉を聞いていた。

【シャ――ガ、アァ――】

相変わらず蟲《むし》の翅音《はおと》か唸《うな》り声《ごえ》にしか聞こえないその言葉に、カグヤは笑って頷《うなず》いた。

その直後。死体群の上で、無自覚な殺人者は空気に溶けていくように消えていく。

彼女の消えるさまを眺めながら、アズマはカグヤに問いかけた。

「なんと言っていたんだ？」

「……」

「闇が晴れて――目が覚めたあと。最期《さいご》に何か、言ってただろう」

「秘密です」

カグヤは寂しげに笑った。

「私と麗奈《レイナ》ちゃんだけの、秘密ですよ」

そしてカグヤは、朝倉麗奈《アサクラレイナ》が消えていった場所を見て寂しく微笑《ほほえ》む。

（いいことかどうかは誰にも分からない）

アズマは、そんなカグヤを見ながら考える。

《勇者》を救う――これは、正しいことなのか。

（だが、元の人間にとっては救いになったのだろうな。結局――）

自分が同じ立場だったらと考えてみる。何も知らず恨まれて死ぬのとどっちがいいのだろうか。自分は、この《勇者》と同じ選択を出来るだろうか。《勇者》になる危険性を常に孕《はら》んだ戦いで、それでも自分を保っていられるだろうか――

と、その時だった。目の前でカグヤがふらっと意識を失った。

「中尉！」

後ろに倒れ込みそうになる、その背をアズマが支える。

「また気絶してる……大丈夫か？」

蒼白《そうはく》な顔色の、荒れた髪の少女。品の良さそうな外見はどう見ても戦闘慣れなどしておらず、戦場の非情さも何も知らないお嬢様のようにしか見えない。

仕方がない。彼女はただの研究員でしかないのだから。

「アズマ」と、怪我《けが》した身体《からだ》のままのリンドウが話しかけてきた。ちらりとカグヤを見て、少し困った様子だ。

「あーその、助かった――って、言っといてくれ」

「自分で言えよ」

「俺が言うよりお前が言った方がいいんだよ」

「はあ……まあ、いいけど」

眉を顰《ひそ》めながらも頷《うなず》いた。

「まあそれは俺が言っといてやるが、いいのか？　認めないんじゃなかったのか？」

「あー……ま、助かったのは事実だしなぁ」

そういってリンドウはいつものように磊落《らいらく》な笑みを浮かべた。

「それに、まあ、思ったより悪い気分じゃねぇし」

カローンからは軽傷数名、死人なし。カグヤを中心とした特殊作戦は、思った以上の戦果を挙げることとなった。

三　侵蝕

水道橋《すいどうばし》の戦いから二週間後。

カローン本部最上階、アズマの居室で、アズマは誰かと電話をしている。

彼にしては珍しく厳しい瞳で、事務机の椅子に座り脚を組んでいた。珈琲《コーヒー》なんかもあるがとっくの昔に冷めており、その意識は電話の相手に向いている。

「ええ――そう、ですからシノハラ技術中尉についての処遇の件です。つい一か月前配属された彼女についてですが」

カグヤが配属されて一か月――つまり、水道橋《すいどうばし》での麗奈《レイナ》戦から二週間。

水道橋での戦闘をきっかけに、カグヤの力を活《い》かした作戦はカローン内で運用がされることとなった。

当初反対していたリンドウやコユキも納得した上で、以後カグヤは二週間で七回、カローンの攻撃すら通じない《勇者》相手に出陣して《勇者》及び人間を救っている。

属人的とはいえ、目覚ましい成果だ。しかしアズマはその結果に苦い思いを抱いていた。

「シノハラ技術中尉はこの数週間で明らかに健康を害しています」

この数週間でカグヤはみるみる衰弱していったからだ。

《勇者》の内面世界に入る際の激しい頭痛。元の人間の絶望を引き受け、実質的に手を下すという精神的負担。カグヤ以外、《勇者》も含めて多くの人が救われているが、代わりに彼女が犠牲になっている。

　健康を害していると言うと、電話の相手はほんの数秒黙った。

「合わない環境に置くことほど非効率なことはありません。彼女はここにいるべきではない」

　しかし相手は難色を示した。

　戦闘兵科は——特に『カローン』は特別な部隊だということ。他の部隊の手本となるべき部隊だから、簡単に離れることは許されないということ。

「彼女は第二技研《ぎけん》の出身です」

　しかし今は戦闘兵科だ。そう言われ、アズマは舌打ちをしかける。

「胃薬が一つ、頭痛薬は二つ、鎮痛剤二つ——これが何のことだか分かりますか」

　分からない。そんな呑気《のんき》な答えを聞き、彼はあからさまにため息を吐《つ》く。

「シノハラ中尉が一度の出陣の度に服用している薬の、数と種類です。隠れて服用していたようで今は鎮痛剤のみにさせていますが、それでも既に破綻しています」

　そもそも、ここまで薬を飲まなければならないのがおかしいのだ。怪我《けが》はほぼ負わないはずなのに、誰よりもダメージを負っている。

　何故《なぜ》そこまで負担があるのか——と、相手は核心を突く質問をしてきた。

それに対してアズマは答えられなかった。カグヤの能力については「カローン」とミライ少佐以外誰も知らないことだからだ。

『私の力については誰にも言わないでくださいね』と、カグヤの言葉をアズマは思い出す。

『《勇者》と会話できるなんて、バレたら何をされるか……多分映像は見られていると思うのですが、聞かれたら私の独断行為ってことにしといてください』

アズマは少し躊躇《ためら》いながらも頷《うなず》いた。カグヤの言うことももっともだからだ。殲滅軍《せんめつぐん》は大人に認識されない――つまり法に拘束されない組織だ。文字通り、何をされるか分からない。

「技研《ぎけん》出身なので、単に適性がなかったのでしょう」

と、アズマは曖昧に誤魔化《ごまか》す。

「何も難しい提案をしているわけではありません。特別編成小隊の隊長として、異動あるいは療養が必要だと私は判断しました」

カローンの隊長として、アズマはそう述べた。

相手はそれにほんの数秒黙った。謎の沈黙が続いた後、相手はやはり述べる。

戦闘兵科から離れるのは許容できない、と。

「いや、だから彼女の健康状態が――せめて療養だけでも」

療養もだ、と言われ、アズマは眉を顰《ひそ》める。

それは流石《さすが》に束縛が過ぎる。

「貴官は何をそこまで案じているのですか。……異動といっても、ほんの一か月前の状態に戻すだけです。任務に滞りはありません」

相手はまた数秒沈黙し、そしてアズマにある見解を述べた。

電話の相手による見解という名の事実。アズマはそれを聞き、目を見開く。

「……中尉、の？」

今伝えられた見解はカグヤに関してのことだった。

だがそれに、アズマはどう反応すればいいか分からない。

「……いや……ええ、まあ、それは……」

早口で何事かを伝えてくる相手に、アズマは曖昧に返答を返すことしか出来ない。

そしてその話が途切れた時。アズマは感想を述べることはなく、短く一言。

「──またかけ直します」

電話をプツリと切り、アズマはあああと大きく息を吐いて額を押さえた。

カグヤの精神状態は急激な悪化の一途を辿《たど》っている。

そもそも技研《ぎけん》出身。戦闘訓練は養成学校レベル。それは慣れていけるとしても、実際に行っていることは早々慣れるものではない。

人間でない彼等《かれら》と毎回、精神レベルでの接触を図っているのだから。負担が無いはずがない。

しかもそれに加えていつも何か、多分録音の見直しやらメモやらを行っている。

カローンのメンバーもそれに気付いていた。

隠れて薬を飲んでいたのをリークしたのはコユキだし、出来るだけ出陣させまいと冷たく突き放すふりをしていたのはリンドウだ。

「……誰かを犠牲にして成り立つやり方が認められるわけがない」

まるでカグヤを使い潰すかのようなやり方が、アズマは気に入らなかった。

もともと作戦自体はカグヤの提言だ。最初は認めたものの、まさか一度に何錠も薬を服用するほど追い詰められるとは。

「……厄介なことになった」

通話の最後に伝えられた事項を考え、アズマは呟《つぶや》く。分かっていたことだが、こうも突然突きつけられると葛藤せざるを得ない。

しかし、思考に沈んだのはほんの数秒もなかった。カローンの隊長として、自分が何のために動くのかははっきりさせておかなくてはならない。

決意し、アズマは立ち上がる。

「……そういや今日も戦闘だったたな」

自室の出口に向かった。カグヤに会いに行こうと、そう思ったのだ。カグヤは今日も帰還してから部屋から出てこない――

「うー、頭痛い……」

同時刻、カグヤはベッドの中で呻《うめ》いていた。

今日の《勇者》は強かった。緊急対応班も歯が立たず、カローンも苦戦する相手だった。

リンドウには「お前の出る番じゃない」と怒鳴られたが、カグヤは被害を抑えるためというより、《勇者》になった人間に用があって出陣を選んだ。

それに苦痛が伴うと分かっていても。

「……まぁ、それに、データもいっぱい取れてるしね」

ふっと無理やり笑い、纏《まと》めたデータを入れたタブレットを見る。

カグヤも良心だけで動いているわけではない。《勇者》と人間の関係性を観察できるから、という動機もあった。

コンコン、とノックの音がして、カグヤはそちらに意識を向ける。

返事をすると、アズマだった。

「元気か？　中尉」

「……元気に見えますか……？」

「あぁ、まあ……そうだよな」

気まずそうな様子のアズマ。なんだか珍しい姿に、カグヤは少し面白くなった。

「一応、差し入れ持ってきたけど食べるか？」

「ありがたいけど……この状態でクッキー食べられるわけありませんよ」

腹痛も頭痛も激しいし、お菓子を食べる体力はない。アズマはそういうところが抜けていた。

「……済まない。俺が役に立たないばかりに」

「いいですよ。クッキーは腐りにくいですから、治ったら食べますし」

「いや、そうじゃなくてだな……」

そうじゃなくて。カグヤはアズマの言わんとしていることに気付く。

作戦のせいで自分がこんな風になっていることだ。

「……別に、気にしないでください。私が勝手にやっていることなので」

「それでも、俺達は貴女《あなた》に甘えすぎている。本来俺達がやらなければならないことを……」

「人には役割や適材適所というものがあるんですよ、アズマさん」

カグヤは上半身だけを起こして笑った。

「それに――別に良心や同情だけでやっているわけではありませんから。必ず研究に役立つと信じて、データもとっていますし」

アズマは呆《あき》れたような、複雑な表情をした。「止めても無駄なんだろうな」と呟《つぶや》いている。

「本来なら俺が無理にでも命令すべきなのに――貴女《あなた》を失うわけにはいかないから何も言えないのが、本当に……」

「ちょっと……抱え込みすぎじゃないですか？　あまりストレス溜《た》めると身体《からだ》に悪いですよ」

言っておいて、今の自分が言えることじゃないな、と少し思った。

アズマはそれでも申し訳なさそうにしている。気にしないでと言っても難しいと判断したカグヤは話を変えることにした。

「……そのピアス」

指摘され、アズマは目を瞬《またた》く。ふっと自分のピアスに触れた。

銀十字のピアスだ。小さいが装飾もあしらわれており、とても美しい。

「気になるか？」

「ええ。アズマさんの趣味ではなさそうなので」

「ああ――」

得心がいったように、彼は左耳のピアスを少し揺らす。部屋の照明がちらりと反射した。

「昔、貰《もら》ったんだ。確かに俺の趣味じゃないけど、御守《おまも》りだって渡されたからずっと付けてる」

「貰《もら》ったってどなたにですか？」

「……妹だよ」

ふと、アズマは見たことがない哀切な表情をする。

「だいぶ前、俺の目の前で《勇者》になったからもういないけど」

カグヤは息を呑《の》んだ。

サクラの言葉を今更思い出す。似たような話を聞いたことがあった、とは、アズマのことだったのだ。カグヤと同じように、目の前で肉親が《勇者》になるのを見た。

「ご、ごめんなさい……」

「いや。いいんだ。もう俺の中では終わったことだから」

思わず謝ったカグヤに、アズマは切なさの込もった笑みを向けた。

その瞳の奥に眠る哀《かな》しさに、カグヤは胸を打たれる。特に、同じ経験をした彼女だからこそ。冷静に考えればいないわけがないのだが、カグヤは他には会ったことがなかった。

「私も、そうだった、んです」

だからカグヤは、知らず話し始めていた。自分の過去のことを。

「私も昔、兄が《勇者》になるのを見たことがあったんです。もう随分前、殲滅軍《せんめつぐん》に入る前ですけど……」

今度はアズマが驚く番だった。少し前のめりな体勢になったことを気付きつつ、カグヤは二段ベッドの上板を眺めながら滔々《とうとう》と語る。

「その時の私はまだ十歳にも満たない子供でした。……今でも覚えています。秋の夜——ちょうど夜から朝に変わる頃の、一番美しい時間のことです」

カグヤのその時の記憶は少し曖昧だ。

十歳の頃の記憶を正確に覚えている方が珍しいのだが、これだけ鮮烈な記憶にも拘《かか》わらず、その前後は随分とボンヤリしている。

だが、朝焼けの光が目に痛かったことはよく覚えていた。

「夜から朝に変わる頃、って午前五時くらいか？　子供なのにそんな時間に起きていたんだな」

「その日は偶々《たまたま》早く目が覚めたんです。そしたら兄さんが、散歩に誘ってくれたんですよ」

――カグヤ。早く起きたなら、僕と散歩に行かないか。

珍しくそんなことを言われて、戸惑ったのを覚えている。

「優しい兄さんだったんだな」

「……いいえ。全く」

カグヤはほろ苦く笑って言った。

「普段の兄さんはあまり褒められた人物ではありませんでした。私にだけは少し優しかったけど、今考えれば私が弱い存在だったからでしょうね」

と、こう言えてしまうくらい、カグヤの兄は良くない人物だったのだ。

それでも、カグヤは兄のことが好きだった。両親は既に亡《な》くなっていて、兄妹《きようだい》二人きりだったからだ。

散歩に誘ってくれた時、とても嬉《うれ》しかったのを今でも覚えている。

「散歩に出て、少し経《た》った時――何があったのかは思い出せません。気付いたら私は地面に寝ていて、起きたらもう兄さんは《勇者》になっていました」

「……」

「きっと私が気絶している間に《女神》が現れたんでしょうね――私がちゃんと起きてさえいれば違ったのかもしれませんが」

後にその存在は《勇者》と呼ばれるものであると、カグヤは知った。

あの時自分がいれば――そういう後悔があったからこそ、《勇者》を人間に戻す研究を始めたのである。

「気を失ったのはどうしてだ？」アズマに聞かれ、カグヤは目を瞬《またた》かせる。

「普通、散歩中に気を失ったりしないだろ？」

「あー……あまり覚えてないんですけど、多分普段起きない時間だったから途中で眠くなったんだと思います。兄に背負われていたような記憶もありますし」

「……なるほど」

朝早くに散歩に出たカグヤは眠くなって兄の背中で寝て。そして気付いたら目の前に化け物がいたのだ。自分自身は少し離れたところで横たわってその光景を見ていた。

「私だけかと思いましたが、アズマさんもそうだったんですね。こんなこと言うのは不謹慎ですけど、親近感を覚えましたよ」

「……」

アズマは何も言わなかった。何かを考え込んでいるようでもあった。

「親近感ついでに」と、カグヤは付け加える。

「せっかくなので聞かせていただけませんか？　どうしてアズマさんだけがそんな力を持っているのか。そしてどうやって『卵』――心臓部を察知しているのか」

下段の暗がりの中から目を光らせるカグヤに対し、アズマは首を傾《かし》げる。

「勿論《もちろん》俺は構わないが。わざわざそれを聞いてどうする？」

「気になるんですよ。アズマさんだけがその力を使える理由が」

「使える理由なんて俺にも分からない。ただ――時期は覚えている。六年前のあの時からだ」

「……六年前」

六年前。非常に強力な《勇者》が、巨大な爆発で千葉県一帯を壊滅させた事件。カローンが集められたきっかけともなる事件だ。

「あの《勇者》に関係あるのかもしれないと思ったことはあるが、それなら他の奴《やつ》らが同じことを出来ないのが謎だ」

「ですね……」カグヤは俯《うつむ》く。六年前カグヤは十一歳だった。もうその時は殲滅軍傘下《せんめつぐんさんか》の孤児院にいたが、崩壊した千葉県跡の姿はカグヤにとっては大きな記憶だ。

「……というかそもそも、生き残った原因はまだ不明なんでしたっけ？」

「ああ――出身地も過去も、それらしい共通点はない。誰だって《勇者》になる可能性はあるが、俺達はその可能性が他より高いと思われてるんだろう。……俺達だって、そうかもしれないと思っているから」

いつ彼等《かれら》が《勇者》になるかわからない――その時のために、カローンは監視されている。

その時、リンドウの言葉がふと蘇《よみがえ》った。

――『なんでここまで強《つえ》えんだよ……!!　元の人間の強さが反映されてんのか⁉』

（カローンの人間だから、《勇者》が強かった……？　そんなことあるのかしら）

偶然かもしれない。

《勇者》の強さを測る指標は今のところ存在しない。また、厳密な条件も特定されていない。

何故《なぜ》同じ型でも強弱の違いが発生するのか。カグヤの先輩にもそれを特定しようとしていた者はいたが、結局無駄に――

「――鼓動だ」

アズマが喋《しゃべ》った。

「鼓動？」

「ああ。『卵』は生き物の心臓と同じく鼓動する。だがその鼓動音は人間に感知できる音域じゃない。イルカや蝙蝠《こうもり》のような生物にしか聞こえない音なんだ」

「……それをアズマさんは聞ける、ということなんですね？」

「可聴音域が普通の人間より幅広いんだろう。だからイルカの会話なんかも俺には筒抜けだ」

らしくない冗談に、ふふ、とカグヤは笑う。イルカの会話なんて可愛《かわい》らしい言葉が出てくるとは思わなかった。

「そういう話なら確かに再現は不可能ですね。特性というものがあるし」

どこか困ったように笑うアズマ大尉。

「特性——確かにそうだな。俺の力なんてただの特性にすぎない。だが中尉の、《勇者》の精神に干渉する力は全く不明だろう？」

「……」

カグヤは黙って寝返りを打ち、アズマに背中を向けた。

どうして自分だけ会話が通じているか。自分だけが可能なのか。

はっきりとした原因は分からない。分からないことをそのままにしておく性質《たち》ではないが、こればかりはカグヤも明らかにしたくない気がしていた。

背を向けてしまったカグヤに対して、アズマは話題を間違えたと思ったらしい。少し気まずいような空気を出した彼は、そういえば、と思い出したように口を切る。

「そういえば、技研《ぎけん》の人間とは連絡を取ってるのか？　その、あの時一緒にいたツインテールの少尉とか」

「マリちゃ……エザクラ少尉ですか？」

身体《からだ》ごと振り返った。寝ながらなので随分行儀が悪い。

「一応連絡してるんですけど、あっちも忙しいみたいでなかなか繋《つな》がらなくて。そろそろ一度ご飯行きたいんですけどね――でもどうしてですか？」

「いや……」

アズマは組んだ腕を解いて立ち上がり、カグヤのベッドの傍《そば》に来た。部屋の椅子に座って尋ねる。

「中尉は、技研《ぎけん》に戻りたいと思うか？」

「はい？」

「貴女《あなた》は以前は技研《ぎけん》にいた。やることがあるんだとも言っていたな――それを放ってこんなところにいていいのか、ということだ」

「いや――」

唐突な言葉にカグヤは混乱する。

それは確かにそうだけれど、でも、今更な話だ。戻る戻らないの話はとっくに過ぎているものだと思っていた。

反魂《はんごん》研究は確かに大切だが、戦場経験は無駄ではない。今のカグヤはそう感じている。

「どうしてそんなことを聞くんですか？」

アズマは少し視線を迷わせる。

そのまま――目をはっきりと見ないまま、彼は言った。

「実はな。貴女《あなた》には少し療養してもらおうと考えている」

「療養？」

「技研《ぎけん》に帰るということだよ」

カグヤは大きく目を見開いた。全く予想外の言葉だったから。

「な——何故《なぜ》ですか⁉　私はまだ——」

「何故《なぜ》も何も。自分の状態を見て言えることか？」

カグヤは言葉に詰まった。

「新作戦は随分とうまくいっている。戦績は上々だ。だが、このままにしておくわけにはいかない」

アズマはそこで言葉を切る。

「隊員の精神状態を考えるのも俺の仕事だ。貴女《あなた》一人を犠牲にしてまでやることじゃない」

「……でも」カグヤは何故《なぜ》か食い下がる。

「でも、そしたらカローンはどうなるんですか？　強いのに当たったら」

「それは貴女《あなた》の考えることじゃない。俺達の問題だ」

俺達。それに自分は含まれないのだなと気付いて、カグヤは少し寂しくなった。

寂しいと思った自分に驚いた。

（まぁ……技研《ぎけん》に戻ったらこれまでのデータをもとに研究できるし、具合悪くもならないし、これでよかったのかな……？）

《勇者》への精神干渉は、過ぎると跳ね返りが来る。

飲み込まれ過ぎたり、逆に干渉されてしまったり。なんにせよ精神的に良くない状態に置かれるのだ。カグヤはそれを全く自覚していないし自覚しても気にしないが、周囲が露骨に心配するほど酷《ひど》いのである。アズマはその状態にわずかに憤《いきどお》りすら感じているようだった。

「……もとより貴女《あなた》がいなければ何も出来ないなんて状態がおかしいんだ。民間への被害を抑えるためにも必要だが、そんなの俺達が努力すればいいだけの話」

アズマはどこか怒っているようにも見えた。だがそれは、カグヤの帰還を認めない者達や無理をするカグヤ自身でなく、自分自身に対するようにカグヤには思えた。

アズマは椅子から立ち上がった。もう行くということなのだろう。

「それに、中尉。貴女《あなた》も感じているだろうが、やはり貴女《あなた》は技研《ぎけん》の人間だ。ここにいるべきではない」

「……」

「ここにも研究のために来たんだろう？　データとやらは充分集まっているはずだ。俺達とこれ以上一緒にいるのは、それこそ意味のないことじゃないか？」

「それは、確かにそうですけど……」

「きっと技研《ぎけん》に戻ったら貴女《あなた》も考えが変わるはずだ」

急に突き放すようなことを言われ、カグヤは戸惑った。その言葉を否定できないまま。

「それに俺は──上──して──」

「……え？　なんですか？」

アズマの声が急に小さくなった。

いや、遠くなっているのだ。すぐ傍《そば》にいるはずなのに、何故《なぜ》か遠い場所から話しているような気がする。

具合が悪い。急にフラフラとしてきたし、ひょっとしたら眠いのかもしれない。

薬を飲んでいるからなのかもしれないが。

「あ……すみません。アズマさん、わたし、もう、ねる……」

そう呟《つぶや》くと、アズマがとても慌てた顔をしたのが見えた。

慌ててこちらに手を差し出している。自分が眠るのがそんなに嫌なのかと、カグヤは内心で少し笑ってしまった。そこから、まるで夢の中に旅するように。

カグヤはその場で倒れた。

四　発見

【この――待て――まだ――】

【ふざけ――こいつが――】

【この子は――やめ――】

朦朧《もうろう》とした意識の外、遠くで誰かが言い争っている。

彼女はそっと瞼《まぶた》を開けた。気になったというほどじゃないけれど、喧嘩《けんか》の声は頭に響いたからだ。開けて初めて、彼女は自分が地面に倒れていることに気付いた。

ただの地面ではなく、どこか壊れたような、大きく割れた地面だった。辺りには何もなく、闇と光が混じり合う世界の中ただ炎だけが揺らめいている。

その中心に「彼」はいた。

彼女に見えたのは背中だけだった。黒々とした大きな背中が、倒れた自分を庇《かば》っている。父のものではない。それどころか人間のものですらなかった。

彼女は倒れた身体《からだ》をゆっくりと起こした。悪魔の翼のようなナニカがこちらを振り返るのを視界の端に捉えたが、あまり意には介さずに。

ただ、熱かった。

炎がではなくて。

喉が。喉がじんじんと熱い。何かが飛び出しそうなほど、喉が——

「ん……」

そこで彼女は目が覚めた。

シノハラ・カグヤは朝に弱い。瞼《まぶた》を開けたのに天井を見上げてぼーっとする。

何かとても嫌な夢を見た気がした。夢の中で感じた喉の痛みが、まだ中に残っているような気がしている。

「おはよう。シノハラ中尉」

「……⁉　研究長⁉」

起きたら、真っ黒な髪の偉そうな少女がこちらを覗《のぞ》き込《こ》んでいた。

「なんでここに！　あ、アズマさんはどこに——わっ⁉」

「先輩‼　心配したんですよぉ‼」

「ま、マリちゃん」

寝ている彼女に飛び付いたのは、半月ぶりに会う後輩のマリだった。

べしょべしょに泣いている。そんなマリを見るのは初めてで、申し訳ない思いになった。

「マリちゃん……ごめん、心配かけたね」

「だ、大丈夫ですっ……」

マリは顔を袖で拭いて無理に笑った。

「でも、久しぶりに会えて嬉《うれ》しいです、先輩――前線で、ひょっとしたら死んじゃうかもしれないって思ったから」

「マリちゃん……」

「先輩が倒れたって聞いて、私ほんとに心配したんですよぉ！」

「倒れたの……？　私」

カグヤは過去の記憶を探った。最後の記憶はアズマと話している時だ。

「え……じゃあ今何時なの？　というか、何日なの？　外が明るいし、今は昼みたいだけど」

「カグヤ」と、横から研究長が割って入った。

「その話はあとでいい。聞いたぞ。お前の能力について」

研究長の言葉に、カグヤは目を見開く。

アズマに口止めしておいたはずなのに。

「ど、どうしてそれを――」

「まあ色々あってね」と、研究長はそれ以上は言わなかった。

「今日は四月の二十日。お前が倒れて三日が経《た》つ」

「えっそんなに……⁉」

「そんなに、だ。いったい何があった？」

カグヤは急に真剣な瞳になった。研究長に、このことを話すべきかどうか。

《勇者》の内面に入るなどという、突拍子もない話を。

「マリちゃん、悪いけど出て行って」とマリを退出させ、研究長と二人になる。研究長は興味と好奇心を隠してもいなかった。

「私の能力については、アズマ大尉から聞いたのですか？」

「大方のことはね。君が《勇者》と会話出来るとか、内面世界に入って《勇者》と主観を同期できるとか。これまでの言動の意味、とかね」

そして研究長は話してくれた。

カグヤの《勇者》に対しての言動は映像の情報統制《セキユリテイチエツク》でハネられており、以前の上官である研究長と情報統制をした者以外は誰にも知られていないこと。

その言動を知る少数の者も、その意味までは知らないということ。

「アズマ大尉からは引継ぎの際対面で直接聞いた。他の者には伝えないでくれと言われたが」

「……なるほど」

技研《ぎけん》に療養に来ている以上、一時的な預かり先である研究長に話すのは合理的な判断だ。

アズマは約束を破ったわけではないと分かって、カグヤはどこかほっとした。

「それにしても――」

研究長は金色の瞳を輝かせ、何か面白そうなものを見る目でカグヤを見た。

「非常に興味深いことだね。私の研究分野とは違うが、純粋に好奇心を抱いている。主観と同期するなど人間同士でも不可能なのに――いったいどうやっているのか」

研究長は立ち上がり、カグヤをじっと見る。いつものような完全に実験対象《モルモット》を見る目。

「とりあえず、君を調べ上げたい気持ちでいっぱいだが。構わないか？」

「……嫌だと言ってもやるんでしょう……」

「その通りだ。よく分かっているじゃないか」

研究長に人道は通じないのである。

「私は構いませんよ。寧ろ、隅々まで調べてください」

無理やり人体実験されるよりは、自分から言った方がまだマシだ。そう考えてカグヤは申し出ることにした。

「私のこの力が再現性を持てば、前線もそれだけ楽になるはずです。頭痛は酷《ひど》いですけど、コツとか教えられますし」

カグヤの言葉に研究長は目をぱちくりと瞬《またた》く。

「お前まさか、また前線に出るつもりじゃないだろうな？」

「え？　そりゃ……『療養』なんですから、いつかは戻らなければならないでしょう」

「療養？　何を言ってる。お前は先週からここに異動になったんだぞ」

「はい⁉」

寝耳に水な発現に、カグヤは自分でも思ってもみない声を出す。

「異動って――いつの間に⁉　私了承していませんが⁉」

「別に了承は必要じゃないだろう。命令なんだから」

そうだけど。と、頭で分かっていてもカグヤはまだ混乱している。

「というか、嫌だったんじゃなかったのか？　向こうにいるのも最初は嫌がってただろう」

「……まあ、以前はそうでしたけど」

以前――たった一か月前だ。

たった一か月で変わるほどカグヤの志は低いわけではない。前線に行ったのも自分の研究のためだし、当初は確かに嫌がっていた。

「でも、今はもう少し――その、まだ色々と足りないですし……」

「内面世界に入る経験をしたのなら、それだけでも反魂《はんごん》研究には充分だろう？　私の方も上々だ。特に戻る必要はないよ」

「……」

だが頭ではそうだと分かっていても、気持ちはまだ付いてこない。そんな自分にカグヤは葛藤する。研究長の言う通りだ。カグヤは一か月前まで、カローンに行くことを嫌がっていた。

（そもそも、どうして急に異動なんて……）

最初の異動も、カグヤの意思は特に顧みられずに進んでいた。

それは現場のデータを取りたい研究長が勝手に決めたからなのだが、そんな研究長がたった一か月で「戻る必要はない」と断じたことにカグヤは違和感を抱いている。

研究長は勝手だが、妥協はしない性格だ。それこそカグヤを一方的に前線へ送ったように。

（じゃあこの異動は誰の意思で？　上層部の誰か、ってこと？）

アズマとの最後の記憶では、確か療養させると言っていた。

それが何かの理由で異動になった？

それとも最初からアズマはそのつもりで？

悶々《もんもん》とするカグヤに、研究長は少しため息を吐《つ》く。

「何を悩んでいるかは知らないが。あいつらに義理立てしてやることなんてないぞ。カグヤ」

その言葉にカグヤは目を上げる。研究長の声には怒りの感情が垣間《かいま》見《み》えた。

研究長は前線の隊員のことはあまり考えない。感情を持つこともないから、だから、その後の声にカグヤは驚いた。

「人の弟子を奪っておいてこんな姿で返してくるなんて。随分と厚顔な性格なようだ」

「えっでもそれは研究長が行けって……」

「まあ確かにそういう見方も出来るだろう」

それ以外があるのだろうかとカグヤは思った。

「だがね。倒れるまで協力したカグヤに向かって、あの男は何を言ったか分かるか？」

「い、いえ……」

「二度と帰ってくるな、だそうだ」

目を見開いた。まさか。

「アズマさんがそんなことを……？　いつ……」

「君が倒れたという知らせがあってすぐだ。大尉は君の技研《ぎけん》への異動を希望してきた」

カグヤは眉を顰《ひそ》めてそれを聞いていた。

確かに、戻りたいかと聞いてきた。もし戻るとなったらどうする、とも。

最初に療養と言っていたのに異動にしたのは、自分が倒れたから？　そんな気を遣うことないのに
「……私の身体《からだ》について心配してくれてたんですかね？」

「身体《からだ》？　そんな話はしていなかったよ」

研究長は、なんだか珍しい表情で吐き捨てる。

「していたのは主に君の言動についての話だ」

「言動……？」

「そう、君が好き勝手に動くから隊員が危機に晒《さら》されるのだと、そういうことらしい」

「……」

「確かに君の言動は怪しいものがあったが、私も理由を聞いて腑《ふ》に落ちた。だが『カローン』はそんな君の言動の理由を知っていたにも拘《かか》わらず、……いや、やめよう」

研究長は疲れたように浅く息を吐く。無駄な時間だと断じたのだろう。

「私が忠告を無視したから……危機に晒《さら》された？　本当にそんなことを？」

「聞くか？　その時の通話を録音したものがある」

嘘《うそ》や誤解や曖昧な言葉で研究長は感情的にならない。それほどのことをアズマは言ったのだ。

何を言ったのか、純粋に気になった。

「一応、聞かせてください。アズマさんの声で直接聞きたい」

「なんだ——直接とは、随分と仲良くなったものだな」

そして研究長は自身の端末を操作した。

同時にカグヤの端末に通知が来る。音声データが送られてきていた。

カグヤはどこか焦《あせ》ったような気持ちでそれをダウンロードする。

——好き勝手に動くから。

否定は出来ない。アズマに注意されたこともあったし、コユキにもリンドウにも言われた。

（でも、研究長が過大に言っている可能性もあるし）

直接聞いてみないことには分からない。カグヤは少しの不安と期待を胸に、イヤホンを装着して再生ボタンを押した。

ピッ、と録音開始の音がした後、すぐに録音は始まる。

『——シノハラ技術中尉の件ですが』

音声データからは、確かにアズマ大尉の声がした。少し固い声。

『第二技術研究所に返還したい。今すぐに』

『今すぐ？　随分と性急なんだな』

対するのは研究長だ。

『先日シノハラ中尉が倒れたのは知っているが。まさかそれが理由じゃないだろうな？　カグヤ自身のヘルプがない限り、私は受け入れんぞ』

『……いいや。それではありません』

布が擦れる音と椅子が軋《きし》む音。座り直したのだ。

『特別編成小隊《カローン》を代表して申し上げますが、彼女は我が隊のお荷物です』

カグヤははっと息をのんだ。お荷物——まさか、そんな風に？

録音に傾注する。

『ほう？　随分と大口を叩《たた》くな戦闘兵科。カグヤはうちでも有数の研究者だ』

『それは技研《ぎけん》での話でしょう。前線での彼女ははっきり言ってなんの役にも立たなかった』

聞き捨てならないな、と研究長は反対した。

『聞けば、前線に駆り出したのはお前らしいじゃないか、アズマ・ユーリ大尉。適性がないというのなら最初から出さなければいい』

『仮にも軍人ですから』

録音のアズマは頑《かたく》なだった。研究長の言うこと、カグヤの存在など認めないという口調で。

『《勇者》を斃《たお》すのは我々の義務です。それを果たせない者は、戦闘兵科には不要です』

そんなアズマに、カグヤは何故《なぜ》だかショックを受けた。

アズマの言うことは全て事実だからだ。仮にも軍人だからとカグヤは前線に引き出され、しかし、戦闘に付いていけない彼女は最初はお荷物扱いされていた。

――最初だけだと思っていたのだが。

『……ああそう。分かったよ。そういう話ならカグヤは引き取らせてもらう』

研究長の不機嫌そうな声とともに、立ち上がる音を捉えた。

『お荷物だの役立たずだの、随分と言ってくれる。カグヤは二度と貸さない。それでいいな戦闘兵科』

『ええ、是非そうしてください』

はっきりと言われた言葉に、カグヤはこっそり唇を嚙《か》む。

最後に、アズマはこう言った。

『――それに彼女は少し、恐ろしいところがあるから』

「え……」

恐ろしい？

その言葉に思い当たる節がなく、疑問を持っているうちに、録音は終了した。

何とも言えない気持ちのまま、カグヤはイヤホンを耳から外す。

そんな彼女に対し、研究長はただ淡々と伝える。

「今日は病み上がりだから検査は明日に回そう。カグヤもそれでいいな？」

「はい。……よろしくお願いします」

カグヤはどこか呆然《ぼうぜん》とした気持ちだった。

役に立てていると思っていたのに。

それは自分の、勘違いだったんだろうか——

次の日。カグヤは検査のためにＭＲＩを撮った。

頭のてっぺんからつま先までくまなく撮られ、その写真は病室のような見た目の部屋に用意されている。それらを研究長およびカグヤはじっと見ていた。

「うーん？　見てる限りでは特に変なところはないな。まあ少し脂肪が多い気がするが——」

「今関係ないじゃないですかそれ」

「はは、冗談だ。君、人の倍は食べるのによくこれだけで済んでるな。今度そっちも調べてみたいくらいだ」

　軽口を叩《たた》きながらカグヤの体内を検分していく。

「そういえばカグヤ」と、研究長にさりげなく呼ばれた。

「お前、その力はこれから使う予定はあるか？」

「え……」

　使う予定──と考えて、カグヤは少し表情が曇る。

「いえ……私はもう使う機会はないと思います」

「そうか。それならよかった」

　意外とも言える言葉に、カグヤは顔を上げる。

「他人と主観を同期することは本来あまり推奨できないんだ。あんまり潜ると、お前自身が《勇者》に引きずり込まれる可能性があるからね」

「引きずり込まれる……」

「何が起こるか分からない。その危険はいつでも考えておいた方がいい」

「分かりました。もし……現場に戻ることがあったら注意します」

　戻れるかどうかは、もうわからないけど。

　数十枚ある写真はあっさりはけていき、たまに何気ない会話を挟みながら最後の一枚。

「あらかた調べたが、異常がない以外のことは言えないな……」

「こんなにいっぱい撮ったのに」

「まぁ、分からないからこそ醍醐味《だいごみ》だが——!?」

最後の一枚。喉の写真を手にした研究長の動きが止まる。

「これ、は——!?」

写真を食い入るように見つめて動かない。そんな彼女を、カグヤは不思議そうに覗き込《のぞきこ》む。

「研究長? どうしたんですか? そんな顔し、て——」

覗《のぞ》き込んで、そしてカグヤは息を呑《の》んだ。

研究長が、これまでで見たこともない表情をしていたからだ。必死の目付き。信《しん》じ難《がた》いものをこの目で見たような。

「カグヤ……この写真拡大してくれ」

他の写真は何もなかったのに、何故《なぜ》急にそんなことを言い出すのかカグヤは分からなかったが、研究長は無駄なことはしない。パソコンを弄《いじ》って画面を出す。

その白黒の画面を、研究長は拡大していった。

「……こんなことが」と呟《つぶや》きながら。

「どうしたんですかいったい? なんか研究長らしくないですね」

「らしくもなくなる。これまでの常識も研究結果も、全て覆《くつがえ》されようとしているんだからな」

ガーッ、と突然大きな機械音がして、びくりとカグヤの身体《からだ》が跳ねた。見ればただのコピー機だ。データをプリントしているらしい。

まだ熱が残っているプリント紙に研究長は赤ペンで丸を付けて、カグヤに差し出す。

「見なさい。凄《すご》く小さくて分かりづらいけれど、ここに在る」

「……在るって何がですか？　ま、まさか悪性腫瘍とかじゃないですよね」

「だったらまだ良いくらいだ。対処法があるからな。──本人を前に言うのもなんだが、もっと意味の分からないものだ。これは」

真剣な様子にカグヤは眉を顰《ひそ》める。

研究長がそこまで言うなんて。いったい何が映っているのだろうか。

差し出されたプリントを見る。拡大された箇所は咽頭と気管の間、ちょうど声帯に当たる部分だった。

その赤丸で強調された部分、一見何もないように見える箇所。手に取って先程の研究長のように食い入るように見て、ふと気付いた。

「これって……」

カグヤは写真を食い入るように見る。そして息を呑《の》んだ。

喉の内部に何か尖《とが》ったものが映っていた。小さすぎて詳しくは見えないが、先端が先細りしていて鋭利で、到底体内に存在していいものではないことは分かる。

思わず自分の喉を押さえた。痛みなど無いはずだが。

「何かの小骨でもない――針、ですか？　でも声帯に在るなんてそんなこと……」

「もっとよく見なさい。その根本に何がある？　君は何度か見たはずだ。ほんの数日前まで」

数日前まで。ちょうどカローンに居た頃だ。嫌な予感がしながら、カグヤは写真に顔を近付ける。まっすぐではない、途中で折れているようにも見える少し太いような針――

そして気付いた。

針じゃない。これは。足だ。

節足動物の足。異様に小さな蟲《むし》の更に小さな足である。

どこかで間違って蟲《むし》など飲み込んだ覚えはない。それにそうだとしたら声帯にあるのはおかしい。胃の中でも気管でもなく声帯にあるのだから。

「何、これ……」

「……分からない。こんな意味の分からないもの見るのは初めてだ――それに、もう分かっているだろうがそれは、その辺にいるただの虫なんかじゃない」

カグヤの声帯を突き抜けるように生えているそれは。

悪性腫瘍ですらない、針でもない、影なんて生易しいものではないそれは。

「まさか……『卵』？」

度々見てきた、《勇者》の内部に在った白い球体。それが自分の声帯に。

「『卵』……《勇者》の心臓部のことだね」と研究長は聡《さと》く察した。

「まさか生きた人間の身体《からだ》にそんなものがあるなんて」

研究長の言葉を一瞬遅れて飲み込んで、カグヤは自分の喉をぎゅうと強く押さえつける。

もう誤魔化《ごまか》しはきかない。写真にははっきりと映っていた。

蜂のような……卵から孵化《ふか》しかけている何かの姿が。

人間の身体《からだ》にはあってはならないものが。

「……異物混入の可能性は」

「ないとは断言できないな……もう一度喉を検査する、着替えてくれ」

機器の用意をしに行っている間検査着に着替えつつ、しかしカグヤは確信していた。

混入などではない。混入のわけがない。きっと見間違いや機器の不具合などでもない。

だから本当にそこに「在る」のだ。《女神》の卵が。

手は震えて上手《うま》くボタンが外せない。脳内はぐるぐると無数の疑問が湧いては消え、混乱状態に陥っていた。

けれど、最後に残ったのは最も大きな疑問だった。

――気付いていい、いたはずだ。

『卵』の鼓動を聞くことが出来る彼は、最初から気付いていたはずだ。シノハラ・カグヤの中に『卵』が在ることを。

知っていたはずだ。何故《なぜ》誰にも言わなかった？　何故《なぜ》。

そうだ、今考えれば、予兆はあった。

『何故《なぜ》だ？』

何故《なぜ》人間のくせに卵なんて持っているのか。何故《なぜ》《女神》の卵が内にあり平気なのか。

『何故《なぜ》お前はここにいる？』

何故《なぜ》、《勇者》を滅する軍に、卵を持つ者がいるのか。

《勇者》と同じ兆候を示し、あまつさえ会話までこなし、しかも『卵』を保有する者――確かに危険だ。カグヤですら分かる。だから前線に置いたのではないか。

監視のために。

カグヤの記憶が、その解釈が塗り替えられていく。アズマの行動の解釈が。

例えば自分を彼が何かと気遣ってくれたのは、優しさではなかったのかもしれない。何故《なぜ》なら「卵」の保有者はいつどこで何があって《勇者》になるか分からないからだ。アズマの立場からすれば、精神的に侵されていくカグヤを放置してはおけないだろう。

アズマが最後に言ったという「恐ろしい」という言葉が胸に引っかかる。いつ《勇者》化するか分からないから恐ろしい――ということだろうか。まさか……

「駄目。もう終わったことだもの――切り替えないと」

振り切るように頭を振る。

自身の身体《からだ》に強烈な異常があることは、分かった。理解も納得も出来ないが分かった。きっと受け入れられる日も来るだろう。

でもどうして。

「……どうして、言ってくれなかったの」

絞り出すように呟《つぶや》く。

「まあ、言うわけないわね……私が同じ立場ならそうするもの」

自分が同じ立場でも絶対言ったりはしないだろう。

「でも私にはともかく、どうしてアズマさんには他の隊員にも黙ってたんだろう……」

カローンの隊員だけではない。あの食堂で会った時点で、研究長に話すことも出来たはず。研究長どころか、戦闘兵科の大隊長クラスに話をしても全く不自然ではないのにどうして――

着替え終わって個室から出る。本当ならすぐにでも研究長のところに行くべきだが、その前に、と外に置いてある自分のバッグの中を漁《あさ》って携帯端末を取り出した。

連絡先一覧。その中から「アズマ・ユーリ」を選択する。

どうして言ってくれなかったのか、その理由を聞きたかった。

（でも、私は……）

お荷物だという言葉が頭を過《よぎ》る。けれどまだ、声を聞いてなお、カグヤはその言葉を信じる気になれないのだ。直接、話を聞きたい。

アズマと通話をするのはこれが初めてだ。——出てくれないかもしれないけど。

しかしそんなカグヤの予想は。悪い意味で簡単に裏切られる。

ツー　ツー　ツー
「……!!」

通話中。あるいは、着信拒否。

「……いや、でも、まさかそこまではしないでしょう……考えすぎ、かな……」

カグヤの中でさまざまな思考が巡る。

そもそもアズマは連絡不精《ぶしょう》なタイプなのかもしれない。それか、たまたま誰かと通話しているだけかも。

なのに何故《なぜ》、こうも不安になるのか。

そっと携帯端末をしまう。何を言っても結局、辿《たど》り着《つ》くところは一つしかなかった。

「私の中に《勇者》の卵があるから……なの？」

前線に出させて、役立たずだと捨てて。

（じゃあ……他の皆《みんな》も？）

数人の連絡先があった。アズマ、コユキ、リンドウ。……サクラ。その他にも何人も。

（だってもう、流石《さすが》に言ってるわよね。どうしてやめさせたかって話になってるはずだもの）

コユキやリンドウ。《勇者》を憎むカローンの隊員。

彼等《かれら》は、今頃自分のことをどう思っているだろうか。《勇者》が生まれる原因が自分の中にあると知って、自分のことも憎んでいるのだろうか。

ミライ少佐に初めて会った時の言葉が頭を掠《かす》めた。

『貴女《あなた》がこれから行くところは、軍で監視対象となっている場所だよ。人より戦闘の才能はあるけど、その分《勇者》への怒りや憎しみはデカい』

「そうか。今考えれば充分すぎるほど、先見の明があったわね」

仲間になったと思っていたのは自分だけで、本当は異質で、迷惑な存在だったのかもしれない。

「じゃあもう――あっちに戻ることはないのね……」

シノハラ・カグヤは意味のないことはしない。

もう関わらない相手に対して、何かを思うことなどない。

――記憶にとどめておくことも。

・・・

数日後――秋葉原にて。

いま、一つの戦闘が終了したところだった。以前は駅舎だった場所に、野戦服を着た少年少女が息を切らして立っていた。

「《勇者》の消滅を確認。負傷者はいるか？」

『大丈夫……』『今回の奴《やつ》はヤバかったな……』

都内ビル群の一角で、カローンは今日もその刃《やいば》を振るう。

動く「卵」を持つ《勇者》。今回はビル群をひらりとすり抜ける、影のような異形《いぎょう》だった。

遠くに隠されていた卵が偶々《たまたま》発見できていなければ、被害はもっと大きかっただろう。

「被害は——考えたくないな……」

出現場所が都内であったことや、時間が真っ昼間だったことから、被害も甚大《じんだい》なものだった。

経済的被害も——人的被害も。

倒壊したビルの瓦礫《がれき》と見えるのは人間の脚や腕だ。絶望的な光景を見ながら、誰かが溢《こぼ》す。

『もし……シノハラ中尉が居たら』

カグヤがいたら。無邪気な死神を止められる彼女がいたら、こんな大きな被害にはならなかったはずだ。《勇者》《彼ら》がこの情景に気付いてさえくれたら。

「やめろ。三日も前にいなくなった奴《やつ》のことを頼りにするな」

短くそう言って、続ける。

「動ける者は救命活動に。……出来ることをしよう」

カローンで最も動いたはずのアズマ・ユーリは、そう言って倒壊したビルの一つに入っていく。後ろから付いてきたリンドウが、「珍しいな」と茶化してきた。

「お前が私情を挟むなんて。槍《やり》でも降るか？」

「笑ってる暇あったら仕事しろよ」

適当にいなしたものの、リンドウの言葉は何故《なぜ》か頭に残る。

「本当にテメェは変わったなアズマ。ここまで私情を挟むとは思わなかったぜ。この際だから言ってやるがよ——あいつは」

シノハラ・カグヤは。

「シノハラ中尉は《勇者》になっちまったお前の妹じゃねえんだ。肩入れするのは結構だが、あんまり入れ込むなよ」

「煩《うるさ》い——そうじゃない。ただ前も言った通り、彼女の中にアレがあるからだ」

「『卵』だろ？　初めて聞いた時は驚いたがなぁ」

カグヤが急に離脱した後。カローンのメンバーには全てを伝えておいた。

カグヤの中に《勇者》の「卵」があること。アズマはそれを知っていたことも。

メンバーは最初皆驚いていたが、敵意や嫌悪感《けんおかん》を示す者は意外にもほとんどいなかった。リンドウやコユキでさえも。

「それなら尚更《なおさら》だアズマ。知っていたなら何故《なぜ》受け入れた？　異動だけじゃない、お前はあいつを作戦に参加させただろ。それは肩入れと何が違う」

「何故《なぜ》……………分からない、それは」

　重ねて見ていたのは事実だ。

「ただ、妙な親近感が湧いたんだよ。彼女は何か違うと感じたんだ」

「そんだけで、検査も拘束もしないでほっといたってのか。ちょっと危機感なさすぎじゃねえの？　仕方ないこととはいえ、すぐに技研《ぎけん》に帰しちまうし」

「検査など問題じゃない。俺は卵の位置も分かるし、暴走しても――」

「それだけじゃねえだろアズマ。似てたから、じゃねえのか？」

「……」

　言われなくても自分もよく分かっていた。誰かにそう言われたわけではないが、自覚はあった。

　全体に纏《まと》う雰囲気や笑った顔、理屈っぽい性格、限界を超えて無理をするところ――確かにカグヤはよく似ている。

（……玲羅《レイラ》に）

　過去のことを思い出す。

《勇者》が元人間であるという説の一番の証拠になったのは、多数の目撃証言だ。目の前で家族が、友人が、瀕死《ひんし》の状態から《勇者》に成るところを見た者達の証言があったからである。

アズマもその一人だった。目の前で肉親が化け物になるのを見た、その一人だ。

「あ……が」

「！　大丈夫ですか！」

瓦礫《がれき》の下に埋もれる人を見つけ、瓦礫《がれき》の撤去作業と救命をする。まだ他にも助けるべき人はいて、そのほとんどが一刻を争う人々なのに、救急隊が来るまでまだ数十分もかかる。

――酷《ひど》い光景だった。もしカグヤがいれば。きっとここまでの被害は出なかっただろう。

「いや……これでよかったんだ」

自分を納得させる。

彼女はここにいるべきではない。だって彼女は技研《ぎけん》のシノハラ・カグヤ中尉なのだから。

先日、電話で言われたことを反芻《はんすう》する。

――『シノハラ技術中尉を重要監視対象とする』

（重要監視対象……）

それは、組織内での実質的な最終通告。今度何か目立つことをしたら即刻命に関わる処分も有り得るという、とても穏やかとはいえない扱いだ。そして、カローンへの扱いと同等でもあった。

（……中尉までその対象になる必要はなかったのに）

理由はカグヤの戦果。つまりカグヤの不自然な戦い方に目をつけられたのだ。

自分達が無理を強いたから、カグヤは処分も有り得る危険な立場に置かれてしまった。

そのことにアズマは、自分で思っていたよりもショックを受けていた。

（これ以上カローンに置いておくわけにはいかない）

だからあの時アズマもああ言ったのだ。研究長を通じ、それもカグヤに伝わっているだろう。

お人好《ひとよ》しで頑張りすぎる彼女に、カローンから離れさせるために。

技研《ぎけん》の人間である彼女は、そして身の内に《勇者》を持つ彼女は——本当は《勇者》になど関わるべきではなかったのだから……

「⁉　アズマ！　危ねぇ‼」

リンドウが叫ぶのを視界に捉えたのはほんの一瞬だった。

考えごとをしていたアズマは、今まさに崩れたビルの天井に気付かなかった。はっと気付いてももう遅い。

一般人を突き飛ばしたアズマは逃げることが出来ず、頭上から瓦礫《がれき》が降り注いだ。

五　選択

「……なんだか最近、急に寒くなりましたねえ先輩」

「そうねえマリちゃん。朝まではあんなに暖かかったのに……」

都内某所。実験施設や工場が立ち並ぶ工業地帯の一つに、その建物はあった。

「殲滅軍《せんめつぐん》技術研究所」とだけ印字された、無機質でだだっ広い建物。建物内にも拘《かか》わらず気温が低い一般食堂で、二人の少女が小さな食卓を囲んでいる。

「というかカグヤ先輩、早く決めてくださいよー。昼休み終わっちゃいますよぉ？」

「待ってマリちゃん！　もう少し、もう少しだから……！」

カグヤとマリは、技研《ぎけん》の建物で遅い昼食をとっていた。

正確にはまだメニューから選んでいる段階だが、カグヤの瞳はどこまでも本気だ。

「A定食かB定食か……Bはカロリーが高いけれどこのトンカツは捨て難《がた》い、しかしA定食は期間限定のパスタソースが使用されている……いやでも特別メニューのサラダ付きオムライスも魅力的だし……」

「もういいですか？　注文しちゃいますよ？」

「待ってマリちゃん‼　ランチの内容は今日一日のモチベーションを左右する重大な決断なの

よ。しかも一つしか選べない……軽率に決めるものじゃないわ……！」

「いや明日も明後日《あさって》も食べられますから。ついでに休日もずっと隊舎詰めなのでその後も食べられますし」

「悲しいことを言わないでマリちゃん‼」

「はいはいもう注文しますからね。すみませーん――」

ああっ⁉　と小さく叫んで、慌ててメニュー表を凝視するカグヤ。

人も疎《まば》らな食堂で、二人は少し遅い昼食を摂《と》っていた。一般食堂とはいえスタッフが注文を取りに来る形で、がらんとした食堂でマリがメニューを注文する声だけが響く。

「じゃあ私はこれで……先輩は？」

「……おし、じゃあA定食で」

「あれ？　今日は全部選ばないんですね」

マリは何故《なぜ》か拍子抜けしたようだった。

「迷った時はとりあえず全部選ぶと決めてるって言ってませんでしたっけ？」

「ああ……そんな時もあったわね」

カグヤにとっては懐《なつ》かしい記憶だ。

「でもねぇ、人間のキャパシティって結局一つだから。全てを選ぶのは難しい――必ず何か一つを選ばなきゃいけないのよ」

「そう、ですか……」

マリは少しだけ残念そうだった。

「まぁ、でもこれで先輩のダイエットが成功しそうですし、結果はオーライですけどね」

「あのねぇ……」

呆《あき》れた時、テレビにニュース速報が入った。

スポーツ中継から画面が切り替わり、原稿を読むアナウンサーの姿が映る。

『速報です。先程、秋葉原にて突如巨大なハリケーンが発生しました。また一部の地域を起点に協力な低温化が始まっており、異常気象として政府は――』

「……先輩これって」

「ええ。《勇者》ね」

ニュース映像はハリケーン発生地点を遠目で映しており、その中央に確かに、何かの姿が見える。人間などではないだろう何かの影が。

「道理でやたら寒いと思った。周囲の気温を変化させるなんて厄介な能力ね」

ぶるりとカグヤは肩を震わせた。春だというのに、朝までは暑かったくらいなのに、今は秋の終わりのように寒い。急激な低温化――マリも感じ取っているのか、寒そうだ。

「これが秋葉原の《勇者》のせいなら……結構、強い《勇者》っぽいですね……」

「え、ええ」

技研《ぎけん》は東京の西側にある。秋葉原から技研《ぎけん》まではほぼ東京全域を横断する距離だ。その距離にまで影響を及ぼせるなら、六年前とほとんど同じ強さを持つことになる。

（カローンは大丈夫かしら——多分いるとは思うけど、この強さの《勇者》をどうやって……やっぱり私、行った方が——）

「先輩。まさか戻ろうなんて考えてませんよね？」

マリの少しキツめの声に、カグヤははっとする。

マリはじっとりとこちらを睨《にら》んでいた。

「先輩にあんなこと言った人達ですよ？　戦闘兵科だかなんだか知りませんが、いいじゃないですか、ほっといて」

「でも……」

「……先輩らしくないですね。そもそも、戦闘兵科は先輩を化け物扱いして拒絶したんですし、もう関わらない方がいいと思います」

マリもあの音声データを聞いていた。

聞いて、そして研究長以上に憤慨していた。それこそ、カグヤが驚くほどに。

「それに先輩。分かってますよね？　先輩が上に監視されてるってこと」

「……ええ」

カグヤはそれを研究長から聞いた。聞いて、そして落胆したのだ。

　重要監視対象――カローンに架されていた扱い。いざ自分の身に降りかかると身が竦《すく》む。ただ、落胆している理由はそれだけではない気がしていた。その理由はわからないけれど。

「お待たせしました」

　ちょうど頼んだメニューが来たのでそちらに視線を向けた。期間限定の特製ソースがかかったパスタだ。

「A定食でお間違いないですか？」

　頷《うなず》く。店員はそのまま伝票を置いて去っていった。

　A定食のパスタを食しながら、カグヤは物思いに耽《ふけ》る。

　カローンを追放されてから約三日。

　カグヤが抜けても特に状況に変化はなさそうだった。カローンも、研究長に聞いた限りでは、死者などは出ていないらしい。しかしそれが本当にギリギリの綱渡りの上で成り立っていることをカグヤは知っている。

「みんな大丈夫かな――」

　と呟《つぶや》いて、はっとした。

「……いや、私にはもう関係ないから。うん」

　自身の身体《からだ》の中に、《勇者》が産まれる原因である「卵」があると知ってから約三日。

　カグヤの中に「卵」があるのはカグヤとマリ、そして研究長の間だけの秘密となった。

『上の人間にバレたら非常に厄介なことになる』からだという。中で研究している限り悟られることはまずないが、《勇者》と会話をするところを視《み》られたら捕まる可能性もある。

(もしそれがバレたら……)

技研《ぎけん》で研究は続けられなくなる。ただでさえ目を付けられているのに。

映像から目を逸《そ》らす。カグヤの本分は研究だから、どんなに皆が苦境に陥っていても行くわけにはいかないのだ。

(それに、アズマさんなら大丈夫でしょうし……)

既に別のニュースが始まっており、おすすめのスイーツとかなんとかを紹介している。

スイーツは好きだが今のカグヤは興味がなく、背を向けて料理に向き合ってしまう。だから

カグヤは——その直後に入った速報に。切り替わった映像に。アナウンサーがそれを受けて硬い表情で発した一言に気付かなかった。

『たった今速報が入りました。ハリケーンが突如巨大化し、周囲にいた少年少女がそれに巻き込まれている様子です。また、現場には不自然な甘い香りがするとのことで——』

「アズマ!! おい! 返事しろ馬鹿!!」

「アズマ!? お願い目を覚まして!」

同時刻秋葉原。——戦況は最悪だった。

秋葉原で、突如《勇者》が出現したのだ。しかもその《勇者》は、これまでとは比べものにならない強さを誇っていた。カローンの誰も、傷一つ付けることが出来ない。

(いや突如じゃねえ……確かに《女神》はいた!!)

ほとんどがその瞬間を見ていなかった——《勇者》の「元」となった人間は、あるビルで人命救助を行っている際に崩落に巻き込まれ瀕死《ひんし》となり、気付けば「それ」に成っていた。

リンドウはその一部始終を目撃していた。頭から血を流し動かなくなったその人間の傍《そば》に、現れた一人の少女。

死の香りがして、それが《女神》だとすぐに分かった。迷わず襲いかかったリンドウは——その紫紺の瞳に、緋色《ひいろ》の髪に一瞬攻撃の手が緩まる。その一瞬の遅れが命取りで——その少年、アズマ・ユーリは《勇者》に成った。

(俺のせいだ。あそこでチキったから)

《女神》はシノハラ・カグヤ中尉の姿をしていた。

嫌いだったはずなのに。

「っ仕方ねぇ——ミライ少佐聞こえるか？　技研《ぎけん》に連絡してくれ、シノハラ中尉を呼びたい」

リンドウは徒手空拳で対処しながら、無線機にそんなことを言った。

「あいつならアズマを殺してやれる」

『リンドウ……！』

「諦めろコユキ。アズマはもう戻らない」

彼等《かれら》の目には、一体の《勇者》が映っていた。

身体《からだ》の全てが闇のように真っ暗で、何故《なぜ》か胴体に目のようなものが存在している。そこだけが血のように真っ赤で、貫くように一本の刀が刺さっており、どこか宗教的で悍《おぞ》ましい外見をしていた。

あれが、アズマ・ユーリだったもの、だ。

「それにコユキ、お前にも分かるだろ。奴《やつ》は生半可《なまはんか》な相手じゃない」

常の軽薄さはなりを潜め、リンドウは呟《つぶや》く。

アズマの《勇者》は一切の動きを見せない。それでもその姿、気配に圧倒される。

《勇者》はほとんど人間のようなシルエットをしていた。その姿と異様は、今までにリンドウが接したどの《勇者》とも違っていた。

「……サクラが可愛《かわい》く見えるくらいだ。あんなのに真っ向から挑んで勝てると思うか？」

『でもシノハラ中尉は……』

「確かにあいつは技研《ぎけん》の人間だ、ここに来るべきじゃない！」

リンドウは激昂《げっこう》した。葛藤をそのまま表したような叫び。

「だが今そんなこと言ってる場合じゃねぇだろ！　アズマに人を殺させるわけにいくかよ！」

そしてリンドウは無線機に再度声をかける。その向こうにいるのは、ミライ少佐を始めとした戦闘応援兵科だ。

「ミライ少佐。聞こえてっか？　返事してくれ！」

『――に……――少尉――』

しかし返って来た通信は、そのほとんどが雑音とジャミングだった。どこかで通信が切れたか阻害されたか、なんにせよもう通じはしない。

「嘘《うそ》だろおい、通信が――勘弁してくれよ……！」

ミライ少佐との通信が途絶したら、カグヤも呼べない。この圧倒的不利な状況は打開できない。

《勇者》が鳴いた。

【ア――ガッ、アアアラアア!!】

相変わらず何を言ってるか分かりはしないが、《勇者》はその一瞬の咆哮《ほうこう》だけで辺り一帯を吹き飛ばした。まだ活動状態ではないのに、だ。

あまりの情景と絶望的状況に、流石《さすが》のリンドウも一歩後ずさる。

殲滅軍《せんめつぐん》にいる実働部隊は彼等《かれら》だけではない。他にも勇者を斃《たお》す者達はいる。最悪――そいつらが到着するまでは保《も》てばいいけれど。

「耐え……られんのかよ…これは……」

味方などいない。孤立無援の状況。最強と名高い自分達でさえ。

最後の砦《とりで》でもあった自分達が敵《かな》わないということが何を意味するのか。それはこの国の終わりだ。表向きは異常気象とされる《勇者》によって、今度は都内が住めぬ土地に――


「諦めないで!!」


リンドウははっとなる。叫んだのはコユキだった。

「シノハラ中尉がいなくても……私達でどうにかするの！　するしかないの！」

コユキはぼろぼろと泣いていた。

「『卵』の位置も分からないし、もう動けるのは私とアンタしかいないけど！　それでも私はアズマを諦めるわけにはいかないんだから！」

「……ああそうだな。悪かった」

コユキの涙を見て落ち着く。そう、……最後の砦《とりで》はもう自分達しかいないのだ。その自分達が諦めてどうする。

「コユキ、弾は何発ある？」

「……五発」

「そんだけありゃあ充分だ」

咆哮《ほうこう》をきっかけに活性状態になろうとしている《勇者》をキッと睨《にら》む。

「俺が奴《やつ》を無理やり抑える。そしたら俺ごと吹き飛ばせ」

「はぁ⁉」コユキが叫んだ。

「馬鹿言わないでよ！　死ぬじゃないそんなの！」

「これ以外、あんのかよ」

堪えたような声に、コユキも言葉に詰まる。これ以外の有効打はない。

「サクラか中尉がいれば違ったんだろうけどな。サクラもアズマも中尉もいない。こうするしかないだろうが！」

サクラがいれば。リンドウとともにアズマを抑えられただろう。

中尉がいれば。アズマを少しでも正気に戻せたかもしれない。

しかし、いくら望んでも二人ともここにはいないのだ。

それだけは確かな事実だった。

五―二

『緊急対応班から軍属各位へ――』

突如、冷たい機械音声が食堂の空気を震わせた。

一般向けのニュースを流していた映像が切り替わる。ライブモードになっており、小さな路地の様子が映っていた。

『秋葉原に《勇者》出現。現場にいた戦闘兵科中隊が応対中――』

映像には現時刻の秋葉原の様子が映っていた。小さな黒い影――つまり、戦っている人間達が映っている。

「……ッ！」

カグヤは思わず立ち上がった。映像は不安定だが、各々《おのおの》の特徴から分かる。そこにいるのはカローンの隊員達だ。コユキに、リンドウ。

戦況が悪いのは明らかだった。コユキとリンドウしか動ける者がいないようで、アズマは相変わらず姿が見えない。

（どういうこと？　大尉がいないなんて……ただカメラの範囲内にいないだけ？）

思考をぐるぐるさせているカグヤ。宥《なだ》めるようにマリが声をかける。

「……気持ちは分かりますけど、こちらに出来ることはほとんどありませんよ、先輩」

「え――ええ、そうね。分かってる」

席に座り直すも、目は映像の方だけを向いている。

まるで六年前を彷彿《ほうふつ》とさせるような強さと厄介さだ。空気は先程よりさらに低温化し、冷房が効きすぎた室内のような寒さになっている。

それでもカグヤは出て行くわけにはいかなかった。

（それに私が出て行ったら、今度こそ処分扱いになってしまう）

現場のことは現場に任せるべきだ。きっとアズマもそう言うだろう。

それに。自分が仮に赴いて、そこでリンドウやコユキにどんな視線を向けられるのかと考えたら、身が竦《すく》んでしまう。

「まぁ苦戦してるようだし、可哀想《かわいそう》とは思いますけどね……」

マリの言葉を聞きながら、カグヤは目の前のA定食を見た。好きなものなのにあまり美味《おい》しそうに感じられず、そっと瞼《まぶた》を伏せる。

コツ、と靴音がした。

あっ、とマリが驚いた顔をする。その視線が自分の背後にあると知り、振り返って驚いた。

「研究長……」

現れたのはなんと研究長だった。

美しい黒曜の髪をなびかせて、無断でカグヤとマリに同席する。

「緊急対応班《きんたい》から直接か——随分と逼迫《ひっぱく》してるようだな」

「け、研究長、どうして」

「私だって食事くらいは取るよ」

と言いつつ、研究長はメニューも手にしない。ただ、カグヤの方を見て一言。

「馬鹿なことは考えない方がいいぞ、カグヤ」

切って捨てた。これを言うためだけに来たのか。

「専門であるカローンが苦戦しているんだ。お前が行ったとて何にもならない」

「わ……分かってます。寧《むし》ろ邪魔になるだけだってことも……」

「その通りだ。それに、君にはそれ以外の理由もあるだろう」

それ以外——体内に在る卵のこと。寧《むし》ろ案じているような研究長の声に、カグヤは何も言い返せなくなる。

それ以外の理由。カグヤの体内に「卵」があること。

それが露見したら、カグヤは人間扱いされなくなる。勿論反魂《はんごん》研究なんて出来るわけもない。

反魂《はんごん》研究は、カグヤの過去、人生、根幹に起因するものだ。

《勇者《死者》》を人間《生者》に戻すこと。

ずっと昔、兄が《勇者》になるところを見て以来の悲願である。最初にその思いを抱いたのは殲滅軍《せんめつぐん》に来る前からだ。——簡単に捨てられるわけがない。

「行ってもなんのメリットもないよ、カグヤ」

研究長が釘《くぎ》を刺す。その通りだ、とカグヤも思った。

行ってもなんのメリットもない。自分一人で戦況を覆《くつがえ》すことは出来ない。行かなくても別に責められることはないだろう。

だがカグヤの思考はいまだぐるぐる回っていた。

（カメラの映像は、気候や天候で見えなくなる時もある）

今の秋葉原は急激な気温低下で雨雲が出ている。映像は不鮮明なはずだ。

（それに今までだってバレなかったんだから今度だって――）

「カグヤ」と、再度釘《くぎ》を刺す研究長の声にはっとした。

研究長は、咎《とが》めるというよりどこか心配そうな目をしていた。

「忘れるなよ。君は上層部に目を付けられている」

「分かっています！　でも、」

「……そうです、けど」

カグヤは目を伏せた。研究長は淡々と言う。

「今まではただの研究員の奇行で済まされていたが、奇行も七度も続けば流石《さすが》に目につく。しかもその度に異常な戦果をあげているんだからな」

「……はい」

重要監視対象とは、言い方こそマイルドだがいわゆる要注意人物扱いだ。今後何か不自然な行動をとればよくて懲戒解雇、あるいはそれ以上の何かも有り得る。

（そんなことをされたら……研究なんて二度と出来ない）

何があってもカグヤは研究を諦めない。諦めたくない。

けれどそのためには、カローンを諦めなくてはならない。何かを得るには、別の何かを諦める必要がある——迷ったら全てを選ぶなんてことはもう出来ない。

手元に視線を落とす。

そしてふと視界に入った。左の手首にいつもつけている、腕時計型端末。

同時に、困ったような怒ったような顔の少年がふと頭を過《よぎ》った。

「……待ってください」

気付いたらそう言っていた。研究長が振り返る。

「あっ……あっその、ええっと——あの」

続きの言葉を考えていなかったので口ごもるが、研究長は黙って待っていてくれた。カグヤは一度深呼吸し、自分の考えを言語化するようにゆっくりと言葉を紡《つむ》ぐ。

「……もし、ですよ」

何かに縋《すが》るように。

「もし私が今、行ったとしたら——その、私の都合は関係なく、何か変わると思いますか？誰かが助かると思いますか？」

「無理だろうな」

容赦なく切って捨てられた。

「まぁ一人くらいは助けられるかもしれないが、根本的な解決には全くならないだろう。一人の人間の力なんて所詮その程度だよ」

寧《むし》ろそのまま無駄死にする可能性が高い。行ったところで、何の意味もない。

「だがな、カグヤ。それは戦闘員の話だ。我々研究員——特に君のような優秀な者だと話は違ってくる。君の反魂《はんごん》研究は将来的に多くの人を救うはずだ。君の命は、あそこで戦っている者達の命より重いことを自覚しなさい」

「命に重さの差なんて」

「あるよ。人間がその一生でどれだけ価値のあるものを生み出せるか、それで重さは決まる。実際、反魂《はんごん》研究は完成すればこの状況すら打破する可能性がある非常に価値あるものだ。言い方は悪いが、戦闘員数名のために、君は命を落とすべきではない——だから行くな、カグヤ」

研究長の言うことも間違ってはいない。今回死ぬ数より、反魂《はんごん》研究により助かる人の方が多いに決まっている。

でもきっとカローンは全員死ぬ。あの場で凌《しの》いでいる者は死ぬか《勇者》化するかのどっちかだ。コユキもリンドウも、恐らくアズマも。葛藤と焦燥がカグヤを包み込んでいた。

「……ッ」

「もういいな？　そういえば弁当を作っていたのを思い出したので私は先に出るとしよう」

そうしているうちに出て行ってしまった研究長に、カグヤは最後まで何も言えなかった。

(私は……どうしたらいいの。今動いた方がいいの……?)

正直、カグヤらしくない葛藤でもあった。

一方の選択はリスクしかない、メリットがほとんど見込めない選択肢。もう一方の、メリットはないがリスクもない選択肢に比べれば、どちらを選ぶべきかは明白だ。

「先輩どうしちゃったんですか? 様子がおかしいですよ?」

「ああ……いや。そんなに変かな?」

「そうですよ。いつもなら《勇者》の映像に凄《すご》い食いつくのに。どうしちゃったんです?」

「……まぁ、《勇者》なんて見慣れちゃったから」

そんな言い訳をしつつも、そっと顔を向ける。

カメラの映像はいつの間にか拡大されていた。《勇者》の様子がしっかり、くっきりと見える。カメラは不鮮明にはなっていない――出ていったら確実に姿を見られる。

映像を見て、マリは言った。

「でも随分お洒落《しゃれ》な《勇者》ですね。ピアスなんかしちゃって」

「……ピアス?」

画面を見る。

中央にいるのは、黒ずくめに血のように真っ赤な瞳を胸に持つ《勇者》だ。その胴体に――ちょうど瞳の部分に刺さっているものを見て、カグヤはどきんと心臓が跳ねるのを感じた。

――あれはアズマの刀ではないか。

刀があるのに、持ち主はどこに行った？

「ほら、ピアスしてるじゃないですか。銀製の十字の」

確かに耳に何か光っている。

「あのピアス、どこかで見たことあるような気がするんですよねえ」

マリは呑気《のんき》に言った。

「……ちょっと前に……どこでしたっけ？　うーんと……」

しかしカグヤは、マリのそんな言葉など耳に入っていなかった。

――『昔、貰《もら》ったんだ』

脳裏に、少し恥ずかしげな声が過《よぎ》る。

――『確かに俺の趣味じゃないけど、御守《おまも》りだって渡されたからずっと付けてる』

その《勇者》の左耳にある、銀製の、十字のピアス。アズマのトレードマークとなっていた
ピアスが、《勇者》の左耳に、自己主張するように光っていた。

妹の思い出だと言っていた。彼が言っていたのだ。覚えていて、だから大切にしていた。

《勇者》がそんな思い出の物を持っているなんて、ありえない――

――あれはアズマだ。

「……どうして」

アズマ・ユーリ大尉に限ってそんなことはないと、無意識に信じ込んでいた。そんなわけがない。少年少女なら誰にでもあり得ることなのに。

かつてのイメージが重なった。桜色の少女。救うことが出来なかった人。

これはあの時の再現だ。目の前で仲間が《勇者》になり、失ったその瞬間の。

画面を眺める彼女の頭を、「声」が過《よぎ》った。

――『カグヤ、ちゃ――みんなを、よろしくね……』

みんなをよろしく、と。

「……あ」

その瞬間、カグヤはサクラの言いたかったことがようやく理解できた気がした。

誰もが《勇者》になりえるこの組織で、カグヤは唯一彼等《かれら》を引き留められる、守れる存在だからだ。カローンの誰かがそうなった時に引き留めてと、サクラはきっとそう言っていた。

それが、カグヤにしか出来ないこと、だから。

――『人類の希望になる』ことだからと。

それを理解した瞬間、カグヤの中で何かが弾《はじ》けた気がした。

何故《なぜ》か心の底がクリアになったような気がした。自分がすべきことがはっきりと分かる。

「マリちゃん」

カグヤの思いつめたような、それでいてどこか吹っ切れた声に、マリはこわごわと反応する。

「マリちゃんの言う通りだったわ。私、最近ちょっと自分らしくなかったみたい」

「……先輩、まさか」

「監視されてるだの拒絶されただの、悪口言われただの。いったい何をごちゃごちゃ考えていたのかしら」

立ち上がり、白衣を整える。

「もう気にしない。いつまでも気にしてる暇なんてない――そんなこと」

今アズマ大尉を助けられるのは自分だけだというのに。その自分が何もかもを諦めたような気になってどうする。

役立たずだなんて、そんな言葉を認めてウジウジしているなんて、そんなのは自分らしくない。悪口を言われたなら、後で一発殴ってやればいいだけなんだから。

「ごめんマリちゃん。私、行くね」

「⁉　先輩⁉⁉」

叫ぶマリを背後に走り出す。

考える前に脚が動いた。どうやって行くか、行ってどうするか。何も考えていない。

行ったらどうなるかも、意識にはなかった。ただ、行かなければと強く強く思ったのだ。

自分が現場に行けばきっと、アズマを救える。人間に戻すことはまだ出来ないけれど、彼の精神に入って彼の心を救うことは出来る。彼女にとってそれは、何故《なぜ》かとても意味のあることに思えた。

「こ、こうなったら技研《ぎけん》の軍用車をパクって……」

よからぬことを考えかけた時。ピリリリという軽い音とともに、電話が鳴る。

発信者も見ずに慌てて出た先は。

「み、ミライさん⁉　どうして……」

『技研《ぎけん》前に停《と》めてるから。早くね』

簡素にそれだけを伝えてくるミライに目を見開いた。

「どうして私が行くって――」

『出来る女は違うのよ。ほら、怖い上司に見つかる前に来なさい』

ミライ少佐の運転はアクセルベタ踏み、スピード規制無視の暴走車だ。彼女の運転なら……。踵《きびす》を返《かえ》して技研《ぎけん》前の駐車場に向かった。建物内を少し走り、ミライの車がちらりと視界に入る。技研《ぎけん》の入口前に、彼女は車を乗りつけていた。

「ミライ少佐！」カグヤは運転席に走る。

「ありがとうございます、場所は⁉」

「秋葉原。リンドウから無線が来てたから、最後に居た場所は分かってる」

ミライは車の扉を開けた。素早く乗り込もうとするカグヤ。最早《もはや》一分一秒でも惜しい。

「待て！」と、鋭い声が背中にかかった。

振り返ると、漆黒に輝く長髪を輝かせる白衣の少女が。

「研究長……⁉　えっと、私――」

「持って行け」

そして研究長はカグヤに何かを投げ渡した。

受け取って、カグヤは驚愕《きようがく》する。それはサクラの棍《こん》を二つに割った長さのクロノスだった。

ドクドクと、怒りを主張するかのように脈打っている。重くなく、手によく馴染《なじ》んだ。

「これは……サクラの……」

「武器もないのに対抗する気か？」

研究長は少し笑っているようですらあった。

「アラカワ少尉が使っていたものより少し軽くしておいた。お前にも扱えるはずだ」

「どうして――」

武器を軽量化するなど、一朝一夕で出来ることではないはずだ。あらかじめ二つに割っておくなど、カグヤがそうすると思っていなければ出来ない。

「どうせそうなるだろうと思っていたからね」

「研究長……！」

「行くなら最善を尽くせ。出来れば死ぬな」

信じられない思いで研究長を見上げると、彼女は珍しく微笑《ほほえ》んで言った。

「どうせ出て行くんだ。やれるだけのことはやってみるんだな」

武器を確かに受け取って、カグヤは深く一礼して走り出そうとする。その時。

「待ってください!!」

マリが背後から叫んだ。

「本当に分かってるんですか!? 行ったら、もう先輩技研《ぎけん》に帰ってこれないんですよ! 反魂《はんごん》研究だって……!」

「……研究は、きっと他のところでも出来る。絶対完成させてみせる」

「でも先輩！ 研究はそうでも先輩は一人しかいないんです!! 死にに行くようなものですよ！」

「大丈夫」

振り返って笑った。

「あっちには戦闘兵科《みんな》がいるから、きっと守ってくれる」

衝撃を受けたようなマリから目を逸《そ》らし、向き直ってそのまま車に入ろうとして。

やっぱり思い直して再度振り返った。笑って約束する。

「帰ったら話そうね!! あっあとさっきの料理、絶対食べるんだからとっといてよ！」

絶対帰ってくるから。

五―三

「アズマ!!　おい!!」

「どうなってんのよ――ふざけないでよ!!　どうしてこんなことばっか!!」

コユキは別の人を救出していて、その瞬間をはっきり見ていなかった。

ただその場を見ていたリンドウの話によると、アズマが建物の崩壊と瓦礫《がれき》に巻き込まれ、直後に《女神》が現れたという。

金木犀《きんもくせい》の香り漂う中、リンドウはすぐに《女神》が現れたと勘付いたという。しかし一歩遅く――アズマ・ユーリは彼の目の前で異形《いぎょう》となった。

黒ずくめの姿に、瞳だけが血のように赤く、胴体にアズマ自身の刀を突き刺した異形《いぎょう》。耳の部分に光る銀十字のピアスが、彼が彼だったことを示している。

「また目の前で――っ!!」

コユキの武器から発射される弾がアズマを襲った。――間違いなく命中したが、そのどれも彼の身体《からだ》を傷付けることは出来ない。

見えない結界《バリア》のようなものが張られている。

その証拠に、リンドウが何度挑んでも傷一つつけることも出来なかった。まるで――そう、卵の外郭の中で成長していっているような。

コユキは諦めず次弾を装填しつつ、傍《そば》に立ったリンドウに半ば諦め気味で尋ねる。

「シノハラ中尉は――どう？」

「……さあな。少佐とは通信切れちまった」

リンドウの声も諦めに染まりつつあった。

「呼んだら来てくれると思う？」

「どうだろうな。……俺があいつなら行かねぇわ」

「はは、私も。正直、なんのメリットもないもんね」

劣勢を強いられている最前線に、全く畑違いの後方勤務の職員が。しかも、行ったら健康を著しく損ない、死ぬ危険性すらあるのに。

カグヤは合理的だ。こんなところに来るわけがない。

「しかもこいつは――六年前クラスじゃねぇのか。数百人単位の犠牲は覚悟すべきだろうな。コユキ、遺言あるなら今なら聞いてやるぜ」

「今にも死にそうなやつに託す遺言なんてないわよ。……あーでも、死にそうになったら頼むわ。《勇者》になる前に絶対殺してね」

「言われねーでもやってやるよ。お前の《勇者》なんて見たくもねぇ」

仲間が《勇者》になる姿なんて見たくもない。コユキも同じ思いだった。

だから今ここでどうしても、二人はアズマを殺さなくてはならなかった。まだこの《勇者》は、不活性状態なのか誰も殺していない。彼が誰も傷付けないうちに、その前に。

コユキはもう一度、動かない彼を狙う。いくら固くても、同じところに当て続ければいつかは割れるはずだ。だから。

「もう一発──わっ⁉」

「コユキ！」

アズマから先端が尖《とが》った触手が飛び出てきた。子供の胴体ほどもある太さの無数の触手が、蟲《むし》の翅《はね》のように、或《ある》いは孔雀《くじゃく》の羽根のように、背中の一面を覆っている。

怖気《おぞけ》を催す光景だった。

そして殺意を悟った一本に襲われたコユキを庇《かば》って。

「あ──っぐ、っ……！」

「リンドウ！　あんた何やってんのよ……！」

ただでさえボロボロなのに、その触手に思い切り腹の辺りを貫かれたのだ。頭を打って意識を失った彼の血止めに挑みつつ、コユキは絶望的な気持ちで目の前の《勇者》を見る。

「アズマ……お願い……やめてよ……！」

アズマの周囲を護《まも》っていた結界は内側から壊れつつあった。もうわざわざ護《まも》る必要はない、ということだろう。

代わりに触手がアズマの周囲に集まり、彼の目前で繭のような姿になっていた。まだアズマの姿を隠す程度の大きさしかないが、どんどん巨大化している。

コユキは直感した。この繭が次に開いた時が終焉《しゅうえん》の始まりだ。

弾は当たるだろう。けれど、中にいるアズマまでは届かない。彼の心に言葉を届かせられるのは一人だけ。

カグヤがいれば。

ここにシノハラ・カグヤ技術中尉が居れば。あの力でアズマに声が届いたかもしれないのに。

「……なんで帰っちゃったのよ」

コユキの心はほとんど折れかけていた。

触手の繭の数本が、はらりと開く。産まれる。最悪の存在が。

アズマの居たところから、アズマではない何かが発《た》ち上《あ》がってこようとしていた。桜《サクラ》の時と同じように。大きなマネキンではないけれど、もっと悍《おぞ》ましく怖気《おぞけ》を誘うもの。

「――っう、あああああ‼」

残り数発ほどしかない弾丸を、彼女は二発。せめてもの抵抗で撃ち続けた。その全ての攻撃を、しかし繭がバリア代わりになって防がれる。残り一発。もう打つ手などない。

絶望して座り込みかけた。もう出来ることなど何もない。

（もう――駄目だ。援軍も来ないし、アズマも……）

目の前の《勇者》が規格外に強いことは、対峙《たいじ》しただけでコユキも分かっていた。六年前を彷彿《ほうふつ》とさせる絶望。どんな攻撃をするのか知らないが、六年前のように都内全体が被害を受けるだろう。それを止めることすら出来ない。

自分に出来るのは、ただ絶望と諦念に身を任せることだけだ。全てが終わっていくのをこの目でただ見ていること、それだけ。

「……最悪」

出血するほどに唇を噛《か》み締《し》め、俯《うつむ》く。

もう駄目だ、もう、諦めるしかないんだと心底から思いかけた。

かつての言葉を思い出す。まさか本当に自分達の処理能力を超える《勇者》が現れるなんて。あの時ああしておけばよかった——なんて、後悔すら今は浮かばない。このままこの国は冷気に沈み、アズマは化け物になってしまうのだろう。一人残らず死ぬのだと座り込んで——

「……え」

何かが聞こえて目を瞠《みは》った。重低音だ。コユキははっと顔を上げる。

そしてコユキの耳に入ったのは——

「エンジン……？」

その音に、コユキも、アズマだったモノも同時に気が付いた。どこかで鳴っていたエンジン音は、徐々にこちらに近付いてくる。そしてそれと同時に、走行音が聞こえてきた。

「うっそ、でしょ……？」

　その音のする方を振り返った。

「え。まさか……！」

　顔が引きつったのは否《いな》めない。そこには前の《勇者》との戦闘でほぼ更地と化した地を超高速で走ってくる車がいて。

　そしてその上で、薄紫の瞳と緋色《ひいろ》の髪を持つ少女が——叫んでいた。

「ミライ少佐！　少佐!!　外れますタイヤが!!」

「えー何!?　聞こえない!!」

「少佐!!　車が!!　壊れます!!　あと《勇者》がそこにいます!!」

「ごめん私《勇者》見えないんだわ」

「運転したら人格変わるタイプ!!」

　コユキは今の今まで感じていた絶望も忘れて唖然《あぜん》としていた。

「シノハラ中尉……!?」

　カグヤはミライ少佐を恐喝ばりに説得し、どうにか車を止めさせた。その直後、銃を——通常の武器である銃を二、三発撃つ。

　すぐに触手が自動でアズマを庇《かば》うが、それこそが罠《わな》だ。当たった途端触手の動きが鈍くなり一瞬止まる。何か薬を入れたのだとコユキは直感した。

その隙にカグヤは、力尽きて膝をついているコユキの隣に立つ。白衣のまま、強い意志のこもった瞳で。

「ど、どうして……」

正直、コユキには信じがたい光景だった。

「どうして、こんなところに……」

「状況はミライさんからだいたい聞いた！」

カグヤはへたり込んでいるコユキを見ずに叫ぶ。

「大丈夫です、アズマさんに人を殺させたりしない！」

「……」

どうして来た？　どうやって来た？　色々な感情と言葉が脳を渦巻いて上手《うま》く応えられない。で、結局口から出たのはどうでもいい疑問だけだった。

「な、んで……場所分かった、の？」

少し息を整えて、カグヤは笑った気がした。

息を呑《の》んだコユキの傍《そば》。触手がもう動き始めている。カグヤが腰から抜いた武器を見て、コユキは目を見開いた。

「それって——」

「桜《サクラ》の武器。ちょっと短いけどね」

バットくらいの大きさの棍《こん》を、カグヤは慣れない様子で振る。白衣のまま出て来たらしい彼女にそれはあまり似合っておらず、少しダメージを受けただけで倒れてしまいそうだ。

実際、足が震えている。

寒さのせいだけではない。彼女は恐れている。

死ぬことを。何よりも《勇者》に成り果てることを。

「……シノハラさん」

前線を怖がらないと思っていた彼女は、実はやっぱり負担を抱えていた。今だって、顔色は良くない。きっと葛藤しただろうに。

来なくてもいい場所にわざわざやってきた、そんな彼女にコユキはある思いを抱く。

これだからほんとに、技研の奴ってのは。

「……馬鹿ねアンタは」

立ち上がった。カグヤにしか出来ないことがあるなら、今自分がやるべきことは一つだ。立ち上がり、残弾数を確認して、そして戦士の顔になって。

「私が援護する」

銃口を向けた。《勇者》へと。

「弾は一発だけ。抜かんなよ、カ、カグヤ、」

カグヤはコユキのその意図を正確にくみ取ったようだった。

　コユキが撃って触手を動かし、そして、その隙にカグヤがアズマの懐《ふところ》に入る。

　双方の連携がないと成功しない一度限りの作戦だ。

「急に呼び捨て？　びっくりしちゃった」

　笑って。そしてカグヤは言う。

「ま、そっちも気を付けなさいよ、コユキ」

　そしてコユキは《勇者》に狙いを定める。照準を絞り、タイミングを見計らった。一発しか機会はない――今度こそ外せない。

　今度は撃ち漏らさない。

　カグヤがさっき当てた部分を狙い、一瞬息を軽く吸う。狙った触手の更に弱いところを探し、その部分が露出する機会を見計らう。引鉄《ひきがね》に指をかけ、コユキは獰猛《どうもう》に嗤《わら》った。

（今そっから出してあげるからね――アズマ！）

　一秒が数時間にも感じられるほどの異様な静けさの中。引鉄《ひきがね》が唸《うな》る。

　射出された弾は的確に一点を捉え、ほぼ同時に繭の一点を貫いた。カグヤが貫いたその場所を的確に。

　繭は自動でそれに反応し、ほんの一部をはらりと開いてコユキを襲う。ぎりぎりで避けながら、自分が撃ったモノを見る。繭に、空白が出来ていた。

「カグヤ‼」叫ぶ前に、カグヤは既に向かっている。

開いた繭のその中に。アズマだったモノが眠るその奥に。

「カグヤ!!」という声がする前に、カグヤは既に走っていた。

理屈はもう分かっていた。攻撃を通じて、カグヤは《勇者》の心に訴えることが出来るのだ。

それを狙って、《勇者》を前に、カグヤは桜を高く構える。

「あああああっ!!」

黒ずくめの身体《からだ》に渾身《こんしん》の一撃を当てた。

アズマの体内に響いたサクラの武器。攻撃をすることでアズマの意識がこちらに向き、それを通じてアズマの心に入り込む。

「――ッ!!」

これまでで一番の激痛が彼女を襲った。押し潰されそうな痛みを前に、気を失いかけながらも必死に手を伸ばす。

少年の笑顔が見えた。

無駄だと分かっているのに、カグヤはどうしても叫ばざるを得なかった。

「――アズマさん。帰りますよ!!」

六　干渉

人の精神に干渉するというのは、それだけで強い負担がかかるものだ。

カローンで任務をこなす中、カグヤはそれを強く実感していた。《勇者》の壊れた精神に干渉し続けることで、反対に自分が侵されていくことも理解していた。

研究長に言われるまでもなく、いつか呑《の》まれる可能性があると、カグヤは気付いていた。

それでも止めなかったのは、一つは研究のためだ。《勇者《死者》》を人間《生者》に戻すには、何より彼等《かれら》の精神に対する働きが重要だからである。

そしてもう一つは――

「……あれ？」

なんだっけ、とカグヤは小さく呟《つぶや》く。

気付けば小さな家――郊外のお洒落《しゃれ》な家の庭に突っ立っていた。

少しして、ここが東《アズマ》の心の中であると気付く。

それにしても、ここは隊舎でもない。一般の民家だ。目の前にはガラス張りの窓が見え、中の様子は丸見え。こんな無警戒な場所は、カグヤにもあまり馴染《なじ》みがないところだった。

東《アズマ》などはもっと馴染《なじ》みがなさそうだが、本当にここが彼の心象風景なのだろうか。

そんなことを思っている時、家の中に人影が見えた。アイスシルバーの髪を持つ少年。

「あ──東《アズマ》さん‼」

窓に張り付く。

「聞こえますか⁉　戻ってきてください、東《アズマ》さん！」

【……ん？】

東《アズマ》少年はそこでようやく、窓の外に張り付いてるカグヤに気付いたようだった。

【誰だ？　お前は】

「誰だじゃないですよ‼　カグヤですよ‼」

【母さん、庭に変な女がいるんだけど】

「誰が変な女ですか‼　ってそっちから見ればそうかもですけど！」

ここは東《アズマ》の精神世界なので、人の目など気にする必要はない。家の奥に入っていく東《アズマ》を追うように、カグヤは窓を開けようとした。

開かない。……まぁこのくらいは予想通りだ。

今度は体当たりしてみた。ドンッ、ドンッと鈍い音を立てるが、窓はひび一つ入らない。やり方が合っているかどうか分からないが、今はこうするしかない。

【……から、今庭に変な人がいるから近付くなよ玲羅《レイラ》】

【大丈夫だって！　話してみればきっと分かってくれるよ】

家の奥から東《アズマ》の声の他、もう一つ少女の声が聞こえてきた。

少し幼い声だ。知らない声だが所詮東《アズマ》の心の中に作り出した人物である。何の気無しにそちらの方を見遣《みや》って、息を呑《の》んだ。

「な——」

確かにそれは少女の姿をしていた。だが普通の少女なんかではない。そこにいたのは化け物だった。木とスライムを掛け合わせたような、形容しがたい……しかし一目で禍々《まがまが》しいと感じるモノだった。

「東《アズマ》さん！　そこから出てください！　早く！」

【おい——お前、なんで俺のこと知ってるんだ？　警察呼ぼうか】

「そんなことどうでもいいですから窓を開け——いや、駄目です、入口回りましょう!!」

【玲羅《レイラ》。やっぱり下がってろ。あとは警察に任せた方がいい】

「……東《アズマ》さんそれは、その子はもう……」

既に化け物と化している少女を背に庇《かば》う東《アズマ》。

《勇者》を背に庇《かば》うなんて、と信じられない気持ちを抱いて、その直後チリ、と頭の片隅が針を刺されたように痛む。

だが痛みを感じている場合でもなかった。東《アズマ》の背後に回っている化け物《玲羅》が急に動き出し、東《アズマ》を捕えようとしたのだ。

東《アズマ》は気付いていない。

「このっ――」

どうにか気付かせたい。

それが無理なら、嫌でもこちらに注意を向けさせたい。カグヤは考えた。

自分に何が出来る。カグヤが身に付けているのは。野戦服とサクラの武器とそれから――。

「……あ」

それから、腕時計型端末。

これしかない、と思った。あの時のやり方はまだ覚えている。

設定は三秒後。三、二――

ジリリリリリリリリリリリリリ

【うわ!!?? なんだ!?】

効果があった。窓の外で鳴ったけたたましい音に、彼は飛び上がる。

飛び上がって、音の出元を見て叫んだ。

【何するんだ中尉！　目覚ましは弄《いじ》るなってあれほど――】

そこで東《アズマ》は何か、はっとなったように目を見開いた。

【……中尉？】

「‼　そうですカグヤです‼　東《アズマ》さん帰りましょう‼」

【か、帰るってどこにだ？　俺の家はここで、玲羅《レイラ》も――】

「だから隊舎にですよ！」カグヤはドン、と窓をもう一度殴った。

「貴方《あなた》は今！《勇者》になっているんです！　いい加減目を覚まして！」

【？《勇者》ってなんだ？　中尉、一体何を言ってる？】

本気で言っているらしいその言葉に、カグヤは慄然とした。自分のことは覚えているのに、出会ったその元凶である《勇者》の記憶が欠けている。

記憶の表層に現れる、彼にとって都合の良い記憶だけが浮上しているのだ。

自分の妹や仲間がなってしまったその存在は、思い出したくないことなのだろうか。

「……《勇者》は、斃《たお》すべき敵です」

カグヤは、かつてアズマが言った言葉を反芻《はんすう》するように絞り出す。

「けれど、元人間です。私は彼等《かれら》を、そして貴方《あなた》は《勇者》になるかもしれない人達を救うためにここにいる」

それでも、何かを思い出しそうな――しかしまだ何かが引っかかっているという表情の彼に、

カグヤはぎりと歯を噛《か》み締《し》める。

本人に思い出す気がないのなら、カグヤが何を言っても届かないのだ。東《アズマ》がそんな弱い人間

とはカグヤも思いたくはないが、……弱い所があるから人間なのだから。

そう、彼はまだ人間だ。

「これから《勇者》になるかもしれない人を守ると言っていたじゃないですか」

絞り出すように、カグヤは叫ぶ。

「——貴方《あなた》が言ったことですよ！　東悠里《アズマユーリ》大尉!!」

ドン、と最後に窓を殴ろうとして、その拳は空《くう》を切る。

窓がひとりでにガラリと開いていた。いつの間にか家と妹は影も形もない。

「あ、東《アズマ》さん！　こっちへ！　早く!!」

【俺は——】

東《アズマ》は惚《ほう》けたようにカグヤを見ていた。喉元まで出かかっている言葉をどうにか思い出そうとするように、しかし、それを思い出していいのかどうか迷っているように。

だがそんな複雑にして繊細な時間も、長くは保《も》たなかった。

【待ってください！　アズマさん！】

何かが東《アズマ》に朗らかに声をかける。瞳の奥にぞわぞわと這《は》い回る蟲目《むしめ》の——《女神》とすぐに分かる少女だった。

暗がりから現れた顔を見て、カグヤは愕然《がくぜん》とした。

紫紺の瞳に緋色《ひいろ》の髪の少女。

「わっ……私が……!?」

偽《にせ》カグヤは東《アズマ》に囁《ささや》きかける。

【アズマさん、信じないでください！　それは《女神》です！　私の姿になって貴方《あなた》を引きずり込もうとしているんです！】

「はぁ!?　誰が――！」

カグヤは頭に来て《女神》に詰め寄る。東《アズマ》が咄嗟《とっさ》に選べず迷っているのも気に入らなかった。

「東《アズマ》さん、まさか迷っているわけじゃありませんよね？　どう見ても偽物《にせもの》じゃないですか！」

二人のカグヤに詰められて、東《アズマ》は困っているようだった。

「東《アズマ》さん――外では皆が心配しています！　コユキもリンドウも――」

【そう。リンドウは怪我《けが》をして、コユキは弾切れになってしまったんです。ここまで聞いても、まだこの女に付いていきますか？　アズマさん】

「……！」

額に青筋が立つ。恐らく《女神》は、記憶を読める。

あくまで表層的な記憶でしかないが、読めるからこそ色々な人の「理想」に成り代わっているのだ。カグヤの記憶を読んで、その通りに言葉を発しているのだろう。

【……《女神》は記憶が読める】

東《アズマ》もそれには気付いていたのか、呟《つぶや》いた。

【なら、記憶にないことなら、区別できるんじゃないか】

記憶にないこと。《女神》もカグヤも一瞬戸惑う。

記憶にないことを尋ねるとはどういう意味だろうか。

【中尉。一つ聞かせてほしい】東《アズマ》は二人ともを見ながら問うた。

【貴女《あなた》は自分の兄が《勇者》になるのを見たと言ったが――その瞬間を目撃したか？】

「え……？」

【当時貴女《あなた》は気を失っていた。なら、《勇者》になる瞬間をその目で見ていないはずなんだ。桜《サクラ》のように、人間が《勇者》に変わるその瞬間に覚えはあるか？】

「……どういう」

【貴女《あなた》は何か大切なことを忘れている】

大切なことを。

【その記憶が証拠だと俺は思う。何故《なぜ》なら、《女神》は心に深く埋もれた記憶までは読めないはずだからだ】

記憶。大切なこと。

何か大切なことを忘れている。

――「思い出せ！　カグヤ!!」

「……え」

カグヤの記憶に声が蘇《よみがえ》る。

東《アズマ》の声ではない。少し年上の青年の声だ。

どこかで聞いたような。どこかで。

カグヤの視界が揺れた。東《アズマ》の姿が遠くに見えるような気がする。酷い頭痛が――

――「あんまり潜ると、お前自身が《勇者》に引きずり込まれる可能性がある」

研究長に言われた忠告が頭を過《よぎ》った。

《勇者》の記憶に潜って、逆に自分が引き込まれてしまうリスク。慌てて東《アズマ》をこちらに向かせようとするも遅かった。

喉が、喉がじんじんと熱い。何かが飛び出してくるように、喉が――

六―二

「……あ」

朦朧《もうろう》とした意識の外、遠くで誰かが言い争っている。

気になったというほどじゃないけれど、喧嘩《けんか》の声は頭に響いたからだ。初めて、彼女は自分が地面に倒れていることに気付いた。

ただの地面ではなく、どこか壊れたような、大きく割れた地面だった。辺りには何もなく、闇と光が混ざり合う世界の中ただ炎だけが揺らめいている。

「な、に……？」

その中心に「彼」はいた。

彼女に見えたのは背中だけだった。黒々とした大きな背中が、倒れた自分を庇《かば》っている。

その背中は人間のものではなかった。悪魔のような翼を持ち、しかしどこか懐《なつ》かしい気もする背中だった。

彼女は倒れた身体《からだ》をゆっくりと起こした。悪魔の翼がこちらを振り返るのを視界の端に捉えたが、あまり意には介さずに。

――ちょうど、割れた地面の溝に水が溜《た》まっていた。

ふとその水溜《みずた》まりを覗《のぞ》いて、カグヤは一瞬、何か間違ったのかと思ったのだ。

「――え」

そこに映っていたのは、人間の貌《かお》ではなかった。

闇だ。ちょうど顔のサイズの「闇」があった。まるで《勇者》の顔を包んでいるかのような。

怖いとか気味が悪いとかの前に、カグヤはまず首を傾《かし》げた。どうして自分の顔は見えないんだろう？

助けを求めるように辺りを見回すと、何故《なぜ》かそれだけで悲鳴のような声が聞こえる。

「カグヤ、俺が分かるか――!?　カグヤ！」

目の前の悪魔が後ろを向いたまま叫んだ。

その声に覚えがあり、兄さん、と手を伸ばそうとする。散歩に出ていたはずなのに、どうしてこんなところで寝ているのか分からなかった。

兄さんに手を届かせようとしたが、その手は別のものに届いた。

——兄がいる。しゃがみ込んでこちらを見ていた。もう一人の兄が。

「おはようカグヤ。散歩中に寝ちゃうなんて、やっぱりまだ子供だなぁ」

「……兄さん？」

「さ、背中に乗って。おぶってあげるよ」

曖昧な意識の中、カグヤは兄の背に乗る。初めて感じる、兄の背中の温《ぬく》もりだった。

ああ、兄さんはここにいた。あの悪魔みたいな人は、兄さんの偽物《にせもの》なんだ。

駄目だ、と叫ぶような声が聞こえた。

「兄さん、あの人……」

「ああ。この辺、ちょっと怖い人がいるみたいだからね。あっちへ行こうか。さ、おいで」

カグヤ、とその悪魔は更に名を呼んだ。

そっちに行っちゃ駄目だと、そんな声も聞こえる。だが当時のカグヤにとってはその悪魔は「怖い人」でしかなく、聞くに値しないものだった。

「——思い出せ、カグヤ‼」

悪魔の背中が振り返った。

その時見えたのは、栗色《くりいろ》の髪をした青年。兄の姿だった。

「え……」

兄が二人――じゃあ目の前のこの兄さんはいったい誰？

悪魔の方の兄はカグヤのそばに駆けてきて、言った。

「カグヤ、目を覚ませ！　《勇者》なんかにならないでくれ……！」

「勇者……」

朦朧《もうろう》とした意識の中。その言葉を聞いてカグヤの意識が覚醒する。自分が過去の追体験をしていることに気付いた。

自分は勇者になりかけている。今見ている光景は全て、嘘《うそ》。カグヤの理想の世界。

悟った。兄が《勇者》になりかけたのだと思ったあの事件は、本当は――

「私だったのか……」

《勇者》になりかけていたのは兄じゃない。

自分だった。

《勇者》は外の様子を正しく認知できていない。その視野は誰にも分からないが、少なくとも人間をその通りに正しくは認識できていない。

彼女がずっと覚えていた光景は、《勇者》である自分の目を通して見たものだったのだ。

しかしそれを知ってなお、カグヤの頭には疑問が浮かんでいた。

今見ている光景が「外の世界」なら。兄が二人いるのはおかしい。これも《女神》の見せる幻なのだろうか。それならどうして悪魔の方の兄は、カグヤに話しかけられるのだろうか。

(どうして私は、この世界を望んだのだろう)

自分の理想がなんだったか、思い出せない。

(それに、どうして私だけ……)

そして自分は、その時何らかの理由で《勇者》に成らなかった。理想の世界とやらを拒絶したのだ。何故《なぜ》拒絶したのかは分からないが、一度拒絶したからこそ、彼女の体内には孵化《ふか》しなかった卵がそのまま残った。

(どうして私だけ、成らなかったの)

研究者気質のカグヤは気になっていた。どうして自分だけが《勇者》化を免《まぬが》れ、人間に戻れたのか。

「カグヤ。もう行こう。あの人ちょっと変なのかもしれないね」

カグヤの手を引いている兄は、こんな状況にも拘《かか》わらず笑顔だった。その笑顔に、昔のカグヤの過去と感情を追体験している今の彼女はぞっとする。

「で――でもあの人、兄さんと同じ顔してるよ? 知ってる人なの?」

「うーん。偶々《たまたま》じゃないかな? 気になるならちょっと聞いてみようか。カグヤに心配させたくないしね」

　——違う。

　と、幼いカグヤは何故《なぜ》か直感した。

　カグヤの覚えている兄は、こんな笑顔はしない。心配させたくないなんてことも言わない。嫌な兄だった。乱暴で人の話を聞かなくて、一緒にご飯を食べた回数も片手で数えられる程度しかない。だけど黙って三日も帰ってこなかった時、兄はその手に、カグヤが三日前に失《な》くしたペンダントを持っていた。そういう人だった。

「カグヤを返せ‼」と、兄の顔をした悪魔は叫んだ。

　顔だけ兄なのに首から下だけが異形《いぎょう》のその姿に、カグヤは背筋が震える。

　異形《いぎょう》の方の兄はずんずんと近付いてきて、優しい方の兄の胸倉を掴《つか》んだ。

「ふざけるな、俺はずっと——カグヤのために戦って来たのに！　どうして《勇者》なんかに‼」

「一体なんのことだ？　大声を出すとカグヤが怖がる」

　美しい笑顔で、もう一人の兄は言う。目には余裕が浮かんでいた。その余裕にカグヤは一番の違和感を覚えた。

「……兄さんはこんな時、優しく笑ってたりなんかしない」

　こんな時、兄なら、恐らくすぐに手が出るだろう。

実際、悪魔の方はもう手が出ている。その顔に涙が浮かんでいるのを見て、カグヤは確信した。この、乱暴で無骨なこの人が。

こっちが本当の兄さんだ。

そう考えた瞬間、喉が焼け付くように熱くなった。

喉が。喉がじんじんと熱い。何かが飛び出しそうなほど、喉が。

「がっ！——あ」

飛び出したのだ。喉から蔦《つた》のようなものが生えて、目の前で笑ってくれる兄に巻き付いた。

その胸から蔦《つた》のようなものが唐突に生えた。貫いたのだと気付くのに少し時間がかかった。

優しくこちらに微笑《ほほえ》みかけてくれる兄を。

「あ……」

その瞬間、笑いかけてくれる方の兄は目がひっくり返った気がした。何か、掠《かす》れるような声とともに、偽物《にせもの》の兄は散った。

風が渦巻いたのはその直後だ。カグヤの周囲を台風のようなものが囲んで、兄の顔をした悪魔の姿が遠くなる。兄はこちらに手を伸ばして何かを言っていた。

【カグヤ！　帰ってこい——！】

「……そう、だった」

彼等《かれら》になくて、彼女にあったもの。彼女だけが行《おこな》ったこと。

カグヤはあの時、理想を拒絶した。

「私は、許せなくて――」

カグヤの兄は控えめに言っても、褒められた人物ではなかった。

兄と築いた思い出や記憶は、そのほとんどが暴力と欺瞞《ぎまん》に満ちていて。以前はそうではなかったはずの彼はカグヤにとっては恐怖の対象だった。

でも、好きだった。怖かったのも暴力的だったのも全部、親を失って孤独だったカグヤを護《まも》るためなのだと、カグヤは今更になって気付いたから。

「私は――私の理想を」

カグヤはあの時、優しい兄が何故《なぜ》か許せなくて。……自分が欲しかったものは「優しい偽りの兄」じゃなくて。本当のあの兄と、昔みたいに一緒にご飯を食べることだったから。

「……許せなかった」

だから兄を――優しくて理想的な、求めて止《や》まなかった兄の幻影を、殺したのだ。

・・・

ぱちりと目が覚め、カグヤはもう迷わなかった。

《女神》がカグヤを裏切り者と言った理由。

《勇者》の心に侵入《はい》れる理由。その理由は。

【……中尉。思い出したのか？】

「東《アズマ》さん。私が――私こそが《勇者》だったんですね」

東《アズマ》はその答えにハッとして、カグヤの方を向く。

「私は昔《勇者》になりかけて、そして兄に救われた。どうして兄がそんな力を持っていたのか分からないけれど、――兄のおかげで私はその時理想を拒絶した」

【……ああ】

東《アズマ》は得心がいったような声と表情になった。

カグヤを本物と認めた。そんな声だった。

「私の理想は兄さんの笑顔を見ること。兄さんともう一度、笑い合いたかった」

親が亡《な》くなってからついに一度も、笑うところを見なかった兄と。

【ちょっと――まさか絆《ほだ》されてないですよね、アズマさん！】

もう一人のカグヤ、いや《女神》が叫んだ。

【いいんですか⁉ そっちに行ったら本当に《勇者》になってしまうんですよ！ 私はまた東《アズマ》さんと一緒に戦いたいです！】

東《アズマ》は片方の瞼《まぶた》をピクリと動かした。そして厳しい声で問う。

【何のためだ？ どうして戦いたいと言う？】

【そんなの、《勇者》を倒すために決まってるじゃないですか！　一刻も早く平和を――】

【違うな】

東《アズマ》は心底呆《あき》れたようだった。その理由はカグヤにも分かる。

だってカグヤは。

【カグヤは――研究のことしか頭にない。平和なんていう曖昧なものよりも、確実な結果を求める、そういう人だからだ】

東《アズマ》は携行銃を構えた。構えているのは《勇者》から造られた生体武器。本来は《勇者》に対して使われるものだ。

「……《女神》にも効くんですか？　それ」

【分からない】

東《アズマ》は鋭く目を細める。

【そもそもアレが《女神》だとしても、撃って死ぬのかどうか……賭けに近い】

《女神》は今、カグヤの姿を取っている。変幻自在に姿を変える存在が、ただ撃っただけで死んでくれるのか。

死ななければどうする？

そもそも、《女神》を殺せば戻れるという保証はない。結局はカグヤの個人的経験に過ぎない。

「……大丈夫です」

しかしカグヤにはなぜか確信があった。

「大尉ならやれます。きっと」

【アズマさん】と《女神》は叫んだ。カグヤの姿をした《女神》に、アズマは一発、二発、非情に弾を撃ち込む。一発目は右脚に、二発目は左腕。動けなくするためだ。

血を噴き出し倒れる《女神》の額にアズマは銃口を向ける。引鉄《ひきがね》を引こうとした。

【お兄ちゃん】

と、声がして、東《アズマ》の手が一瞬止まった。

《女神》はいつのまにか、アイスシルバーの髪に黒い瞳を持つ少女の姿をとっていた。この時点で自分が《女神》であると白状しているようなものだが、東《アズマ》の手は止まっている。

【お兄ちゃん、どうしてあの時私を見捨てたの？】

妹の声が響く。

【あの時お兄ちゃんが追いかけてきてくれたら、私は死ななかったのに。また殺すの？　お兄ちゃ――】

「東《アズマ》さん。あれは貴方《あなた》の妹ではありません」

カグヤはアズマを無理やりこちらに向かせる。はっとしたように、彼はカグヤを見た。

「貴方《あなた》の妹は、貴方《あなた》にこんなことを言いますか。貴方《あなた》に御守《おまも》りをあげたのに、貴方《あなた》を責めるようなことを言う人が、本当に妹だと思いますか？」

「……いいや」

東《アズマ》も愚かではない。目の前の存在が妹なんかではないことくらい、理解しているはずだ。

ただ同じ姿をしているだけの別物。

寧《むし》ろ冒瀆《ぼうとく》的な行為だ。怒ってしかるべき光景に、東《アズマ》はただ憐憫《れんびん》の目を向けていた。

「あれは妹じゃない。そんなことは分かってる」

妹はそんな東《アズマ》の様子に気付いているようだった。東《アズマ》に手を伸ばし、【お兄ちゃんこっちに来て】などと言う。

その様子は、まるで飢えた獣が餌を求めるようだった。可愛《かわい》らしくとも悍《おぞ》ましい存在に、カグヤは嫌悪《けんお》感を抱く。

「カグヤ。貴女《あなた》になら分かるだろう」

しかしアズマはそんな妹を哀《かな》しげに見ていた。

動かないのは強さによる余裕からだ。怒りも見せないのはその価値もないからだ。

周りを飛ぶ虫に怒りをぶつける者などいない。哀れと思われた《女神》は、そんなことも気づかず手を伸ばしてくる。

「――最後に、喧嘩《けんか》をしたんだ」

それを横目に、ぽつ、と東《アズマ》は溢《こぼ》した。

「《勇者》になるその前に、理由も覚えていない喧嘩をした。玲羅は家を飛び出して、そのまま事故に遭って、最期《さいご》は人殺しの化け物として終わった」

自嘲するように笑う。

「珍しい話じゃないだろ。数日に一度は必ず起こっていることだ。だが、俺にとっては忘れられない後悔だった」

後悔――喧嘩《けんか》別《わか》れで死別するほど後悔するものはない。

「もう一度あいつに――謝りたかった。きっとそれが俺の願いだった」

《勇者》になってしまった相手ともう一度話したい。そんな思いが、カグヤの姿をした《女神》となって現れた。

東《アズマ》のその気持ちを愚かだと、カグヤは断じることは出来なかった。

「殺せないのは俺の弱さだ。中尉、今だけ――手を借りたい」

「……元よりそのつもりですよ」

カグヤは東《アズマ》の手を握る。銃口を突きつけている方の手を。

震えて揺らぐその手の上から、照準を定めて。あの時のように。

「まったく、最後まで世話が焼ける人ですね」

「すまない。帰ったら何か奢《おご》るよ」

「では寿々苑《じゆじゆえん》の高級焼肉でお願いします」

カグヤの言葉を受けて、東《アズマ》はここにきてようやく笑った。綻ぶように。

「——帰りましょう。東《アズマ》さん」

「ああ」

東《アズマ》が引鉄《ひきがね》を引き、発砲。その弾が少女の額を貫き、少女の顔は醜く歪《ゆが》んだ。絶望というより悔しさと怒りの表情で、少女は額から血を噴き倒れる。

カグヤと東《アズマ》の周囲に強い風が舞った。台風の目となった彼等《かれら》の目前で、少女の姿をしたモノが消えていく。妹なんかではない何かが、その正体を現していく。

甘い夢も優しい理想もここには必要ない。

いや——二人の理想は、もうそこにはない。

彼等《かれら》の理想は、自分の足で向かう、その先に在るのだから。

六—三

「カグヤ!!」

カグヤが目を覚ましてすぐ、目に入ったのはコユキの泣き顔だった。

「リンドウ!! 目覚ました!!」

「おおそりゃよかった!! 泣いてんじゃねえぞコユキ!!」

「うう……だって……」

「まだなんも終わってねえんだよ！」

ひゅん、と何かがカグヤの目の前を飛ぶ。ナイフだった。弾を失《な》くしたコユキに、リンドウが渡したのである。

「金木犀《きんもくせい》の香りがまだしやがる。《女神》がまだその辺にいるはずだ、見つけ出してブチ殺す！」

「あはは、元気じゃん……」

呆《あき》れたように笑うコユキは傍目《はため》で見てもボロボロだった。

「コユキ、怪我《けが》が……！」

「大丈夫。手と眼《め》は守った」

スナイパーに必要な手と眼《め》。コユキはふと真剣な顔になり、目線を合わせているカグヤの胸ぐらを摑《つか》んだ。

「《女神》の香りは私も感じる。私はもう戦えない――」

コユキは必死の目でカグヤに訴えかける。

「サクラの仇《かたき》を。必ず取ってね」

ゆっくりと、だがしっかりとカグヤは頷《うなず》いた。気持ちはカグヤだって同じだ。

けれど、《女神》をどう探すべきか。

頼りになるのは匂いだけだ。しかしその場には同じ香りが強く充満していて、位置が特定できない。

「しらみ潰しに辺り一面撃ち込むか？　ダメージは大したことなくても燻《いぶ》り出《だ》しは出来るかもしれないし」

「いや、それは悪手《あくしゅ》だと思います。出てくる保証も無いし、カローンの皆《みんな》が巻き込まれる」

カグヤは立ち上がって制す。四人以外のメンバーは倒れ、あちこちで気絶している。彼等《かれら》に当たってしまう。

リンドウは納得したのか黙った。

「でも——じゃあどうしろってんだよ。今見つけないと、また誰かが犠牲になる！」

また誰かが《勇者》にされる。

「当たりを付けて探すか……それとも俺が囮《おとり》に——」

「北東だ」

アズマの短く、静かな声がリンドウを遮った。いつの間にか立ち上がり土を払っているアズマを、リンドウもコユキもカグヤも呆然《ぼうぜん》と見ていた。

三人の視線にアズマは首を傾《かし》げる。今の今まで《勇者》になりかけていたことなど頭からすっぽり抜け落ちているようだ。コユキが恐る恐る尋ねる。

「アズマ、その……大丈夫なの？」

「ほとんど無事だよ。コユキも心配かけたな」

コユキは俯《うつむ》いて唇を噛《か》み締《し》めていた。泣き出しそうな顔だった。

「《女神》の位置だが、北東に居るはずだ。根拠はないがそう感じる」

「根拠はない……？」

「感覚のようなものだが……とにかくそこにいると、俺は思う」

おい、とリンドウが割って入る。

「おい待てよアズマ。話が見えねえ。《女神》のいる場所が分かるのか？」

「なんとなくだがな」

と言いつつ、彼は確信を持っているようだった。北東を見つめ、走り出そうとしている。

「私も行きます」とカグヤは言った。

「アズマさん一人じゃ心許《こころもと》ないですから。コユキもリンドウも動けないし、私が行くべきだと考えます」

「俺は構わないが相手は《女神》だ。《勇者》じゃない——心を交わすことは出来ないが、いいのか？」

「……そんな必要ありませんよ」

カグヤは白衣のまま拳と手のひらをパシンと合わせる。

「《女神》は一発殴ってやらなきゃ気が済まない」

「それは同感だ、っと！」

そしてアズマはまた、カグヤを俵抱えした。「ちょっと‼」と叫ぶカグヤを無視し、アズマはミライ少佐が置いていったオープンカーに走る。

少佐はとっくにいなくなっていたが、車は動く状態で放置されていた。カグヤは助手席に乱暴に放られた。

「運転は――」

「訓練で必修だっただろ。問題ない」

ギアを入れ、アクセルを思いきり踏んでハンドルを切る。北東に方向を転換した直後、アズマは急に片手で額を押さえ呻《うめ》いた。

「が――あああっ――」

「アズマさん⁉　大丈夫ですか‼」

「……っく、『孵化《ふか》』しなかったらそのまま残るみたいだな。面倒な造りだ」

そして彼は自身の右眼《みぎめ》に触れる。悪辣にも見える笑い方をした後、カグヤに声をかけた。

「中尉。さっきはありがとう」

「……らしくないですね。槍《やり》でも降るんじゃないですか」

「槍《やり》が降ったら楽なんだがなぁ」

らしくない軽口に、カグヤも微笑《ほほえ》んだ。

少佐の車は限界を超えた速度で突っ走る。車体はあちこち傷付いていたが、アズマもカグヤも全く気にした様子はなかった。

少し飛ばした後、徐《おもむろ》に口を開いたのはカグヤの方だった。

「……考えていたことがありました」

強い空気抵抗と風の中にありながらも、カグヤのその声はよく届く。アズマはハンドルから手を離して携行銃のチェックをしながらカグヤに意識を向けた。

「何故《なぜ》、《勇者》は人を襲うのか。そして何故《なぜ》、カローンだけが生き残ったのか」

「……」

「これは――生殖活動だと思うのです」

「生殖……？」

「《勇者》の攻撃はその多くが無差別ですが、人間以外の動物には向かないことが分かっています。避けているわけではないですが、人間の居ないところでは基本的に何もしません。そして駅前や大学施設、住宅街など、人の多い場所で活性化する」

「なるほど――確かに、森林の中や海上で活発化した例は聞かない」

「ええ。人間だけが対象なんです。ある特定の種族に対してのみアプローチを行う……捕食か生殖のどちらか。しかし《勇者》が人間を食べたなんて聞いたこともありません」

捕食ではない、なら。生殖。

「サクラの《勇者》を思い出してください。腹が膨れて……何かを破裂させようとしていました。あの中にあったのは、《勇者》の肉片なのではないでしょうか」

それだけではない。他の《勇者》もだ。

最初に遭った《勇者》は、光線を出すなどの遠距離攻撃が多かった。麗奈《レイナ》の《勇者》は基本的に近距離だが、仕組み上質量が増えていくつくりだ。自分とは違う場所に自分の痕跡を残す、そのために設計された姿だった。

「つまり因果関係が逆なんです。攻撃は手段でしかない――人間は攻撃そのもので死んだのではなく、《勇者》に適合しなかったから死んだ」

「適合――」

「六年前の《勇者》の攻撃も大規模な生殖活動だったとするなら、カローンの皆さんはそれに偶然適合した、といえます」

アズマは何も言わなかった。ただ少し右眼《みぎめ》を押さえ、複雑な思いにかられているようだった。

「六年前――俺達は爆発から生き延びたわけじゃなく、《勇者》の生殖活動に巻き込まれて、……それで生き残った」

「カローンのメンバーが武器を扱える理由。アズマさんの能力。カローンのメンバーが《勇者》化すると通常より強いこと。加えてカローンの身体能力と耐久性は群を抜いています。これらの全てに説明が付く」

「つまり」アズマはごくりと唾を飲み込む。

「つまり俺達の中には少なからず《勇者》の因子があるということか」

その目はぎらつき、恐怖しているようにも興奮しているようにも見えた。横顔を覗《のぞ》いてカグヤは少しぎょっとする。端正な顔立ちが歪《ゆが》むほど彼は嗤《わら》っていた。

「ま、有体《ありてい》に言えばそうなります」

さらりと返す。アズマはその獰猛《どうもう》さのまま表情を変え、呟《つぶや》いた。

「それで俺が『卵』の声を聴けることは分かった。だがそれならなぜ、あいつらは音が聞こえない？　条件は同じのはずだ」

「……距離、じゃないでしょうか」

「距離？」

「アズマさん。六年前、《勇者》に一番近いところにいたのは誰ですか？」

「他の奴《やつ》らに聞いた中だと、俺が一番近かったが」

そしてアズマははっとしたような表情を浮かべる。

「……まさかにそれに関係が？」

カグヤは神妙に頷《うなず》いた。完全に予想ではあるが。

「例えば、ですが。水風船が破裂した時、最も濡《ぬ》れるのは一番近い場所で、逆に遠い場所はあまり濡《ぬ》れないでしょう？　それと同じ原理じゃないでしょうか」

「……俺は一番近くにいたから――」

「ええ、アズマさんが最も適合したというわけですね」

だから彼にだけ、《勇者》の鼓動が聞こえるなどという特性が発現した。

最も《勇者》の影響を受けていたからだ。

「なんだか喜べばいいのかよく分からないな……」

「喜んどきましょうよ。せっかくですから」

アズマはふと微笑《ほほえ》みを浮かべた。

そして前を見る。アズマはすぐに笑顔を消しており、前方を睨《にら》んでいる。

「……近いぞ」

「ええ。この風の中でも漂ってきます――強い金木犀《きんもくせい》の香り」

《女神》は近い。

カグヤも、アズマですら、対峙《たいじ》するのは初めてだ。

《女神》を斃《たお》せば悲劇は起きない。二人の手にも自然と力が入る。

「……あ、そうだアズマさん、これ」

カグヤは助手席からアズマにあるものを手渡した。

先程拾ったアズマの刀だ。しかしそれは《勇者》化した際の騒動で折れており、二本になっていた。真ん中から無惨《むざん》に折れ、刃先だった片方は持つ場所すらない。

「こんなんでもないよりマシかなと思って」

「こんなんって。だがまぁ、確かに『こんなん』としか言いようがないな」

アズマは呆《あき》れたように笑った。

「だが銃だけじゃ心許《こころもと》なかった。感謝するよ」

「……二度もありがとうを言うなんて。戦車が降りますね、きっと」

香りが強い。まるで金木犀《きんもくせい》の中を走っているような、目もくらむような空気のその先。人影ほどの大きさの何かが居た。

六―四

人影を見て、カグヤもアズマも同時に「アレ」だと直感した。未《ま》だ豆粒ほどの大きさの影を前に、アズマが叫ぶ。

「――ところで、《女神》がどんな姿をしてるのか知ってるのか!?」

「分かりません!」

カグヤは白衣を脱ぎながら叫び返す。

「寧ろカローンの皆さんはどうやって区別しているんですか!? 強い金木犀《きんもくせい》の香りだけでは、香水を付けている一般人と見分けが付かないと思いますが」

「香水で出るような強さじゃないだろう」

「それはそうかもしれませんが」

「……分かるさ。俺達が分からないわけがない」

アズマの答えは曖昧なものだったが、確かに根拠があると確信できる言い方だった。カグヤはその矛盾に気付きつつも、敢《あ》えて何も言わなかった。

影はアズマとカグヤの存在にようやく気付いたのか、逃げて遠ざかっていく。

「アズマさん、轢《ひ》きましょう！」

「了解。衝突直後に戦闘開始だ」

アズマは運転席に立ち上がる。いつのまにか左手には布が巻かれており、両手に刃が握られている。空気抵抗をものともせず、彼は既に斬りかかる準備を始めていた。

そう、両足で立ち上がっている。

車はまだ走行中なのに。

「あれっアズマさん、アクセルは……」

アクセルは？　と思って見ると、踏みすぎで壊れていた。

「……あのっアズマさん⁉　これ私達も死ぬのではないでしょうか⁉」

アズマはほんの少しだけアクセルに視線をやった。そして何も言わなかった。

何かを考えているようだった。そんな彼を、カグヤはそろりと見上げる。

風にあおられて、その横顔はどこか物悲しいようにも見えた。

「アズマさ――」

「すまなかった」

アズマは前を向いたまま、よく通る声でそう言った。

「もうこちらに来ないようにと思って、わざと言ったんだ。役立たずとかお荷物だとか、思ったことは一度もない」

「ああ」カグヤは言われて初めて思い出した。

「別にそれはいいですけど……」

録音の言葉を反芻《はんすう》する。確かに随分と色々言われたけれど、今の今まですっかり忘れていた。

しかしその中でどうしても一つ、気になる言葉が。

「……『恐ろしい』ってのはなんだったんです？　私そんな怖くないですよ」

アズマは一瞬虚を突かれたようだが、それが去り際に自身が言い放ったことだと思い出したのか後部席でふいと顔を逸《そ》らした。――気がした。とりあえず気まずさだけは伝わってきた。

「あ――いや、責めてるわけじゃなくてですね。アズマさんが私の中の『卵』を恐ろしいと言ったんだとはあんまり思えなくて」

「あ、ああ……それは――だがあの時の貴女《あなた》は確かに恐ろしかったんだ。卵とかじゃなくて。譲れないものがあるんだろうけど、何が貴女《あなた》をここまで駆り立てるのか分からなかった。あんなにになってまでやるべきこととは思えなかった」

「それが恐怖に繋《つな》がった、と？」

「ああ。我が身を顧みず戦場に赴く戦闘狂を見ているようだった」

「……なるほど」

それは恐ろしいわけだ。身を削ってまで死地に赴く姿は、彼等《かれら》にとって恐怖に映っただろう。

「あれ？　じゃ今駄目じゃないですかこれ。実際私来ちゃってますし」

「……いいや。来てくれてよかった」

存外に優しい――素直な声だった。

「死ぬかもしれないのに助けに来てくれた。中々出来るものじゃない」

カグヤは少し照れてそっぽを向いた。

以前のカグヤなら絶対に行かなかっただろう。たかだか一か月一緒にいただけの相手に、自分のこれまでの全てを賭ける価値など無いと一蹴しただろう。

だがサクラのこと、麗奈《レイナ》のこと――色々な影響が彼女を変えていったのだ。

「……死んだら祟《たた》ります」

「死なせはしないよ。だってカグヤ、貴女《あなた》は――――」

ごうっ、と耳元で風が唸《うな》る。

空気抵抗に加え、乾いた風が吹いた。

「えっ！　あ、すみません。ちょうど風で聞こえてませんでした」

「……」

「なんて言ったんですか？」

「いや、いい」

不意に黙ったアズマ。そんな彼を無視し、前方。

もうかなり近くまで来ていた。そして見えたものに――カグヤは思わず息を呑《の》んだ。

カグヤが予想していたどの姿とも違った形をしていたからだ。

桜色の髪と翠《みどり》色の瞳の。

「サクラ――」

サクラの姿がそこにあった。

アズマとカグヤ、双方にとって大切な人の姿。

「……っ、どこまでも人をバカにして……！」

アズマもそれに気付いたらしい。警戒を強める隊長に、カグヤは叫ぶ。

「アレが《女神》です！　アズマさん！」

「よし――援護頼む！」

ボンネットの上に飛び乗ったアズマ。入れ替わりにカグヤが運転席でハンドルを握り、そのまま方向を微修正――何の迷いもなく突っ込んだ。

【う、うあああっ！】

サクラの姿でサクラの声で。どこまでも馬鹿にしている。

轢《ひ》いたと思ったが、《女神》は完全に轢《ひ》かれたわけではなかった。そのまま暴走車のボンネットに乗り上げ、アズマと対峙《たいじ》している。

【アズマ、お願い、助けて】

サクラの声がした。

【死にたくない、お願い――】

「違うな」とアズマが呟《つぶや》く。

「サクラはそんなみっともないことは言わない。あいつは強い奴《やつ》だから」

――そこからのアズマの動きは、カグヤの目ではとても追いきれないものだった。

つんのめる車のボンネット上で二本の刃《やいば》を構え、右脚で強く踏み込み、今までで最も低く構える。殺意をそのまま身体《からだ》に表したような姿勢。

快晴の下ぎらりと光る二本の刃《やいば》。十字架の添え木のように長さは不揃《ふぞろ》いで、それでも一刀のもとに斬り伏せてしまいそうな迫力があった。直接刃《やいば》を握る左手は既に血塗《ちまみ》れで、常人ならまず耐えられるわけがないのに。

しかもこの遠心力。座っているカグヤでさえ、車の外に飛び出そうなのを必死に堪《こら》えているのだ。それなのに彼は重力を無視したかのようにしっかりと立っている。衝突と同時に彼は二本の刃《やいば》をそのまま斬り上げた。

【痛いィあぁアシャアアアアッ！】

《女神》は——いや、サクラの姿をしたそれは、ボンネットから落ちそうになり両腕でしがみつく。往生際《おうじょうぎわ》悪く何かに姿を変えようとした。ガガッとノイズがかかったようになり、現れたのはアイスシルバーの髪の少女。

【お兄ちゃ——】

「やめろ。虫酸《むしず》が走る」

カグヤにははっきりと見えた。ほんの数瞬、アズマは息を吸い、確かに嗤《わら》った。少女の幻影など、取るに足らないというように。——そしてほとんど全体重を乗せるように、まるで何かを晴らすかのように、ボンネットにしがみ付いていた片方の腕を斬り落とす。

「っ！」しかしそこで、アズマの左手から刃が弾《はじ》かれた。アズマはカグヤに左手を差し出す。

「中尉！」

「っ‼　はい‼」

その一言でカグヤは全てを悟った。サクラの武器をアズマに投げ渡す。

衝突の勢いでつんのめってひっくり返りそうな車の中からだ。とてもコントロールが良かったとは言えないだろうが、アズマはそれを受け取ってくれた。

サクラの武器は生きている。研究長に分割されても。そしてその「元」は《勇者》だ。

「あああああっ!!」

アズマは殴る。サクラの武器で、サクラの姿をした《女神》を思いきり殴り抜いた。

と——同時に車のバランスが大きく崩れた。横転する——察したカグヤは脱出し、勢いよく転がる。

【あああ!!】との絶叫が次第に人間でないものに変わる。その姿を立ち上がりながら見たカグヤは叫んだ。あの姿は——

「蜂!?」

大きな蜂だ。人間の体長ほどもある大きな女王蜂がそこにいた。

「これが《女神》の……!」

見たこともない大きさの蟲《むし》に、カグヤは呆然《ぼうぜん》とする。しかし女王蜂はまだ死んではいなかった——呆然《ぼうぜん》と眺めるカグヤに、襲いかかったのだ。

「っ……!!」

サクラの棍《こん》を失ったカグヤは、対抗する武器を持っていない。あるのは弾も撃てないクロノスだけだ。

それでもないよりはましだと判断し、カグヤは銃を蜂に向ける。

ひょっとしたら少しは怯《おび》えてくれるかも、撃てないなんて知らないから——

「……あ」

巨大な蜂の巨大な針が、彼女の目の前に来ていた。槍《やり》のような長さと、鋭さのそれに、カグヤは委縮することすら忘れた。

(あれに刺されたらどうなるの)

ただ痛いで終わるわけがない。最悪《勇者》にされるかもしれない。いや、それ以上の何かがあるのかもしれない。

一瞬が何時間にも感じられるほどの体感で、針はカグヤの顔を貫こうとしていた。

「────」

周囲が異常に遅く感じる中、カグヤは無意識か意識的にか、撃てもしない銃を向けていた。最期《さいご》の抵抗のつもりだったのかもしれない。たとえ結果がただの弾無しでも、やらないよりはマシだと思ったのか。そんな思考すら彼方《かなた》にやりながら、カグヤはそっと引鉄《ひきがね》を引いて。

──ドォンと強い音がした。

叫び声を上げながら吹っ飛ぶ蜂を見て、カグヤの周囲の時間が戻った。今しがた起こったことを把握して、呟《つぶや》く。

「う、撃てた……⁉」

流石《さすが》の《女神》も瀕死《ひんし》の状態になっていた。そして、また姿を変えようとしている。

【カグヤちゃん】と、サクラの姿が言う。

【ありがとう】と、麗奈《レイナ》の姿が言う。

【カグヤ】と、兄の姿が言う。

「……違う」

くるくると顔形を変える《女神》。とってつけたような声。

姿が同じならいいってわけじゃない。

こいつは何も――何も分かっていない。

「アンタはなんも分かってない。人間っつうのはそんなに浅くて、簡単なモノじゃないのよ」

数歩近付く。止《とど》めを刺すためだ。

撃つのでは物足りなかった。銃で殴るのも。そんな間接的な攻撃じゃ済まない何かがあった。

危険《リスク》と暴力《バイオレンス》を嫌っていたはずの彼女は確かに思った。

それが最適なのだと。

「ただのデカい蟲《むし》のくせして」

触角を掴《つか》み上げて恐怖も忘れて思いっきり。思いきり。

「――人間様の真似《まね》してんじゃないわよ!!」

殴ったと同時にぎあああっ！　と蟲《むし》が叫んだ。その背後から飛び込んでくる気配――

「カグヤ！　退《ど》け!!」

さっと飛びのくカグヤの前で、アズマは昏《くら》く嗤《わら》って右手の刀を強く握る。修羅《しゅら》か般若《はんにゃ》のような表情で叫んだ。

「これで終わりだ――化け物!!」

そして一刀。左から迷いなく斬り捨てた。

その一刀が頸《くび》に届き、ぎぇえええぇえぇぇえぇぇと、劈《つんざ》くような悲鳴とともに、ばらばらと呆《あっ》気《け》なくその場に崩れ落ちた。


「……」

はぁはぁと、二人は肩で息をしていた。

どうにか――勝てた。

けれど達成感や喜びのようなものはあまり起きなかった。安堵《あんど》と切なさが同時に襲ってきて、肉体的疲労から二人とも動けないでいた。

斃《たお》れ伏す蜂。その死体――を前に、カグヤははっと気付く。

「これ、持って帰れませんかね」

「……はあ？」

アズマは露骨に嫌悪《けんお》を示した。

「何を言い出すんだ……本当に」

「だって、《女神》の屍《し》体《たい》ですよ！　いい研究材料になると思うんです！」

「そ、そうなのか？　俺は分からないが……」

「だってほっとくわけにも埋葬するわけにもいかないじゃないですか」

カグヤはきらきらした目で蜂の死体の前にしゃがみ込む。

「問題はどの部分をどうやって持ち帰るかですね。大きさを考えると部位ごとに分けた方がいいと思いますけど……あ、そうだ」

そしてカグヤは背後に手を伸ばした。

アズマが先ほどそうしたように。

「アズマさん刀貸してください」

「……何故《なぜ》だ」

「切り分けるんですよ。まずは頭と胴体を斬り離します。あ、どうせならアズマさんがやってもらっても……」

「断る」

カグヤが振り返った。予想外という表情で。

「ど、どうしてですか？　さっき思いっきり斬ってたじゃないですか」

「それとこれとは違う……！」

そしてアズマはふいっと顔を逸《そ》らし、その後は何も答えなかった。

不満そうな表情のカグヤは再び死体に向き直る。暗闇の中だが、《女神》の死体はカグヤにはよく見えた。どうにか素手で触覚を引き剝がそうとしていると。

「！　カグヤ‼」

アズマの叫ぶ声で我に返った。アズマは何かとても慌てている。

「ここにいるのはまずい！」

「えっ何が――っ⁉」

そして周囲の気温が突然――しかも異常に高くなっていることに気付いた。

血の気《け》が引く。まさか、《女神》が死んだ後にも何か影響が残るのだろうか。それとも、死体に不用意に近付いた者に何かあるとか――

「車が燃えてる‼　早く逃げるぞ‼」

「はい⁉」

振り返ったら、少佐の車は見るも無残に燃えていた。ガソリンに引火したのだ。

カグヤの手足がまた宙に浮く。

アズマはまた彼女を抱えた。もう慣れ切ったものである。カグヤはアズマの手をばんばん叩《たた》きながら訴えた。

「アズマさん！　戻ってください！　《女神》の、《女神》の死体を‼」

「何を言ってるんだ‼　あれは諦めろ‼」

「なんで諦めなきゃいけないんですか⁉⁉」

「死ぬからだよ！　《女神》を倒したのに採取に夢中で車の爆発で死んだとか笑い話にもならないだろうが！」

アズマの俊足で二人は車から距離を取る。その直後、車は《女神》の死体を巻き込み爆発炎上した。それはもう見事な炎上だった。

「ああ……そんな……」

炎上する車の横で、巻き込まれた《女神》、いや女王蜂が燃えていく。女王蜂の屍体《したい》が燃える様子をカグヤはとても悲しそうに見つめていた。

「そう気を落とすな中尉。いいじゃないか、これでもう戦いは終わるんだから」

「……まさか、これで終わるわけないじゃないですか」

カグヤは消沈した様子で応えた。

「この《女神》が単独で活動していたなら、そもそもこの《女神》はどこから生まれたんでしょうか。コレを生んだ存在がどこかにいるはずです」

そう、──これで終わるわけがない。元凶はまだ存在している。

「そ、そうか……ならよかったじゃないか。また見る機会もあるだろ？」

「……どうやって」

「え」

「前線の人間でさえ稀《まれ》にしか見ない死体を、技研《ぎけん》の私がどうやって見るってんですかぁ！」

カグヤの気迫に、アズマは気圧《けお》されていた。

「こんな機会めったにないのにい……！　うう……」

「今度はもっと大きいの殺してきてやるから。それで我慢しろ、な？」

「二体」

「ん？」

「二体お願いしますね」

アズマは「分かった分かった」と、まるで小さな子に言い聞かせるように宥《なだ》めた。

「でも《女神》の屍体《したい》……調べたかったなあああ……」

この《女神》の死体は、持ち帰ればきっと大きな人間側の進歩になっただろう。

カグヤの反魂《はんごん》研究だけではない。研究長が進めている、《女神》の生態研究にも随分と大きな助けとなるはずだ。技研《ぎけん》に帰ったらまず――

そこまで考えて思い出した。

「……あっどうしよう！　卵のこと」

バレる。流石《さすが》にバレてしまう。

「私が《勇者》と喋《しゃべ》れることがバレたらきっとクビ……あるいは殺されるか実験体に……！」

「流石《さすが》に殺されはしないだろ……多分」

「多分……⁉　嫌ですよそんなの！」

カグヤは悲痛な声を上げた。

「だって私まだアズマさんに高級焼肉食べ放題と回らないお寿司《すし》を奢《おご》ってもらってないし！」

「さりげなく寿司《すし》を付けるな」

「あとスイーツビュッフェもお願いします」

「強欲だ……」

アズマは呆《あき》れたように笑った。

「ま、まあ悪いようにはならないはずだ。それに俺も貴女《あなた》も、一度は《勇者》の域に片足を突っ込んで、そして戻って来た。反魂《はんごん》研究には充分役立つんじゃないか？」

「……ふふ、アズマさんは優しいですね」

カグヤは恐怖で涙が浮いた目を拭きながら笑った。

「自ら実験体になることを申し出てくれるなんて……私が軍から逃げることになってもよろしくお願いしますね。末永く」

「………」

アズマは何故《なぜ》か妙な顔をしてふいっとそっぽを向いた。

「分かっていて一応聞くが」と、アズマは口を開く。

「辞めるつもりはない――んだよな？」

「当然ですよ。どんな状況に置かれても、私は私、なんですから」

研究長に先を越されるかもしれないが、いつかそんな機会も巡ってくるだろう。カグヤは絶対に諦めない。希望と言ってくれた人がいる限り。

そのことを覚えている限り。

「ならもう一つ、いいか」

問われるような声音になったので、カグヤは振り返る。

「中尉、今更だが――なんで来たんだ？」

「え……ほんと今更ですね。今更言うんですかそれ」

「聞いてる暇もなかっただろ」

まあそれもそうだが。

そういえばどうして来たんだっけ、とカグヤは思い出す。

よく考えれば来てはいけない理由ばかりだ。一時は危なかったし、もう反魂《はんごん》研究は軍では出来ない。これから死ぬ可能性もある。よくないことばかりだった。

それなのに、後悔は全くなかった。

寧《むし》ろ、来なかった未来を想像すると背筋が寒くなる。きっとカグヤは今後、研究なんてまともに出来なかっただろう。《勇者》を人間に戻すことは出来るかもしれないが、死者を生者に戻すことは絶対に出来ないのだから。

「さあ……なんでしょうね」

カグヤはその場に座り込む。急にふらりと目眩《めまい》がした。

戦闘が終わり、アドレナリンが切れて今更痛みが襲ってきたのだ。

「私にも分かりません」

「貴女《あなた》は来ないと思っていた。来る意味がないからな……」

「意味がないことは全くしないわけじゃないですよ。でも――」

座り込んだまま、立ちっぱなしのアズマを見上げる。

「今回は、ちゃんと意味も意義もありましたから。後悔はありません」

分からないという顔をしたアズマに見えないように、カグヤは微笑《ほほえ》んだ。

ガガ、と無線機が音を立てる。雑音混じりで、随分遠いところから繋《つな》げているようだった。

『――ッあっ繋《つな》がった!!　大丈夫なの⁉　アズマ!!　皆!!』

「ミライ少佐」

いつの間にか姿を消していた少佐だった。

『よかった――一緒にいられなくてごめんなさい』

「いえ構いませんよ。多分居てもあんまりその、戦況に関わるとは思えないので……」

『……言い返せないのが辛《つら》いところね』

ミライはほろ苦く笑った。

『他の子は？』

「幸い死者はいません。怪我人《けがにん》が数人」

『了解、救急車は向かわせてる。あと数分で着くわ。それまでに死ぬんじゃないわよ！』

「今生きてる奴《やつ》は死にませんよ。俺が死なせない——きっと大丈夫です」

『相変わらず格好付けね。じゃ、また後で』

通信が切れ、アズマはカグヤに近付いてきた。何か労《ねぎら》いの言葉でも言いに来たのだろう——が、直前で「あっ」と何かを思い出したように声を上げる。

「どうしましたか？　アズマさん」

「……少佐に車のこと言うの忘れてた」

「あー」

横転して炎上した車は見る影もない。それを振り返ってカグヤは笑った。

「……まあ、やむを得ない事情です」

「はは、物も言いようだな」

アズマの笑う声を聞きつつ、カグヤはそのままごろんと寝転んだ。ふう、とアズマ自身も疲れたようにしゃがみこんだのを見て、終わったんだなと空を見上げる。

果たして、空はいつも、嫌になるくらい綺麗《きれい》だ。

終　勇者症候群

彼等《かれら》と勇者が分かり合うことなどありえない。
勇者とは無辜《むこ》の民を救うものだからだ。

気付いたら見知らぬ場所に居た――というとなんだか抜けている気がするが、実際そうなのだから仕方ない。目覚めたら、少年は知らない場所にいた。

さっきまで何処《どこ》かの屋上にいた気がする彼は、何故《なぜ》か、いつの間にか中世ヨーロッパ風の街中にいた。そこではワイバーンやエルフが普通に暮らしていて、人間達と交流を築いている世界だ。

「……夢、かな?」

この街ではやたら浮いている「普通の学ラン」を着ているはずの彼だが、物珍しそうに見てくる者はいない。まるで空気になったかのような感覚だが、何故《なぜ》か嫌な感じは覚えなかった。

「音も匂いも……なんかリアルな夢だなぁ、これ――」

「夢じゃありませんよ?　勇者様」

急に後ろから声をかけられて、少年は飛び上がる。

振り向いて、少年は思わずその場に釘付《くぎづ》けになった。

そこには、腰まである美しい銀髪を持つ冷然とした印象の美少女がいたからだ。

「おま——いや、君は……⁉」

「私はこの世界の女神です」

少女は輝くような笑みを浮かべた後、大きく腕を広げた。

「ようこそ勇者様！　私達の世界に」

ぽかんとした少年が何かを言う前に、少女は少年にずい、と近寄る。むふふ、と上機嫌な笑顔がどうも愛らしくて、少年は深く考えるのは止《よ》そうと決めた。

「世界ね……まぁ夢でも最後まで付き合うか……」

「だから夢じゃないって言ってるのに」

むう、と膨れた銀髪の美少女は、人差し指を立てて少年の顔の前で振る。

「勇者様はこの世界に召喚されたんですから、ちゃんとその自覚を持ってほしいんです。そのために私がいるんですから」

「自覚って言われてもなぁ。今来たばっかだよ？」

「やることは全部私が教えますから、勇者様は何も考えなくていいんですよ。あ、最初のうちだけですけどね？」

はにかんだように笑う少女は、翻《ひるがえ》って街の少し裏手を指差した。

「見えますか？　あれは下級魔族の一種です。今は雑魚《ざこ》ですが、成長すると人々に害をなす強力な魔物になります。あれを倒してほしいんです」

「えーっと……他の奴《やつ》では倒せないの？」

「そんなの出来るわけないじゃないですか。だから貴方《あなた》を喚《よ》んだんですよ？　異世界から来た方には召喚特典で強い魔法が使えるようになってるんですから」

なるほどそんなもんか、と少年は軽く納得する。細かいことは考えないのが夢というものだ。

少女は魔物の方を指し示し、少年に赤い宝石のようなものを渡す。

「ですからまずはあの魔物にこの宝石の――」

【――やめときなって。そんな女】

別の声が響いて、少女の台詞《せりふ》は遮られた。

はっと見たら、銀髪の少女の反対側に、もう一人少女が現れている。

緋色《ひいろ》の髪に、アメジストのような紫瞳を持つ少女だ。軍服の上に白衣を着ていて顔立ちは非常に整っていたが、どうも不遜な感じだ。

「えっと……誰？　君は」

【シノハラ・カグヤ。ここから貴方《あなた》を出すために来た】

「ここから出す？　だって？」

急に現れた不敵な少女に、少年は眉を顰《ひそ》める。少年にとってはあまり好感を覚えないタイプの少女だった。

銀髪の美少女がさっと間に入る。少年を庇《かば》うように。

「勇者様、聞いてはなりません。あれも魔族の一種です。きっと貴方《あなた》の出現を悟った魔族の王が遣わしたんですよ！」

【へぇ、そういう風に言ってるわけ】

緋《ひ》色《いろ》の少女は一瞬だけ目を細めると、少年の方を向く。射《い》貫《ぬ》くような視線に彼は震え上がる。

【ねえ、貴方《あなた》。聞いたわよ――喧嘩《けんか》した親友とは仲直りしたの？】

「え」

少年は彼女に視線を合わせた。

【仲直りしたかったんでしょう？】

（そうだ、僕は――）

確かに誰かと喧嘩《けんか》をした。顔は何故《なぜ》か靄《もや》がかかったように思い出せないが、その人と喧嘩《けんか》をして自分は、屋上に行って。

【その親友が今何を思ってるか気にならない？　貴方《あなた》が何をして、それでどれだけ悔いているか気にならない？】

「な――」

はっとなった少年は、銀髪美少女の前に出て緋《ひ》色《いろ》の少女を睨《にら》む。

「なん、なんだお前は⁉ 僕の何を知ってる⁉ 本当に魔族の手先なのか⁉」

【ええ、そうね。私は貴方《あなた》のことを何も知らない。何も分かっていないし、ひょっとしたら分かり合えないかもしれない】

でも、と緋色《ひいろ》の少女は真摯な瞳だった。

【でも、私は貴方《あなた》を救い上《あ》げられる。今なら間に合う。だからそこから出てきて】

「どうして、僕が……」

【だって、貴方《あなた》は仲直りしたいんでしょう。だから屋上に行ったんでしょう】

少年は一歩後ずさった。

目の前の緋色《ひいろ》の少女が恐ろしいもののように見える。急に現れたこの少女は、自分の何をどこまで知っているのか。

芋づる式に思い出してきたのだ。学校の屋上で「その人」の大事なものを失《な》くしてしまったこと。謝って仲直りするために屋上に行って誤って落ちたこと。

「僕は――」

「⁉ 駄目です‼ あんなもの信じては駄目です‼」

銀髪の少女は慌てて緋色《ひいろ》の少女と少年の間に入る。

「魔族の言葉に耳を傾けては――」

【黙りなさい。この蟲女《むしおんな》】

冷え切った声で嗤《わら》った少女は、一転少年に対して優しい言葉を述べる。

【彼も待ってるわよ。もう怒ってないって。だから帰ってきて】

「怒って、ないのか？　本当に？」

【ええ。帰って会ってみれば分かる】

「……帰るって、でも……どうやって帰るんだ？」

すると少女は、少年が持っていた剣を指差した。

それだけで彼は気付いた。この剣は下級魔族を貫くためにあるんじゃない。

勇者になって時間が浅かった彼は、まだ充分に思考力が残っていた。どちらの言い分が正しいか、それを考えられるだけの。

【帰るには――それで《女神》を貫くこと】

少女は隣の銀髪の少女を指す。

【どちらを選ぶかは貴方《あなた》次第よ。自分の手で殺すか殺さないか。よく考えて選んで】

「ええ……!?」

よく考えてと言われたが、少年は驚くしかなかった。

そんな、殺すなんて。出会ったばかりの相手なのに。

「殺すって言ったって、この人は……」

「勇者様！」と、銀髪美少女は懇願する。

「そんなまやかしを信用しないでください！　どうでもいいじゃないですか、そんな、前の場所のことなんて」

「……どうでもいい？」

はっとした様子で、少年は銀髪美少女の方を見る。

「僕にとってはどうでもよくないことなんだ」

反発するように、銀髪美少女から距離をとった。

「俺にとってアイツは——いや。そうだ、僕は」

少しだけ考えて、そしてゆっくりと剣を構える。銀髪の少女は息を呑《の》む。

「そんなっ！　勇者様！　まさかこんなところで終わるのですか⁉」

銀髪の少女は悲痛に叫んだ。思わず同情してしまうような声で。

「せっかくこの世界に来ていただいたのに！　こんな魔族に騙《だま》されて私を殺して——全てを失うのですか⁉　冒険をしたいんでしょう？」

「ごめん。僕は、別に君が嫌いなわけじゃない。冒険もしてみたい」

二人の少女が見守る中、少年は呟《つぶや》く。

「でもどうせやるならアイツと一緒が良いんだ。……一度でいいからまた、アイツに会いたいんだ。こんな僕のことを待っていてくれたアイツに」

こんなに簡単に人（？）を殺していいわけがない——と少年も分かっていた。

けれど、突然現れた紫紺の瞳の少女は、彼自身の本当の願いを口にした。

もう一度謝りたい。そしてまた、仲良くしたい――

【ふざけるな】と、銀髪の少女が呟《つぶや》いた。

それは緋色《ひいろ》の髪の少女に対してだった。銀髪の少女は顔を醜く歪《ゆが》ませて、少女に呪いのように声をぶつける。

【お前はいつもいつも、私達の邪魔ばかりして！　一体何なんだお前は！】

「シノハラ・カグヤ。私が何なのかなんて――お前が知る必要はない」

それを聞いた銀髪の少女は形を変えた。蟲《むし》にも似た醜い姿。

思わず――意識的か無意識かは分からないが、少年は思わず剣を向けた。美少女を騙《かた》っていた敵だと思ったから、剣で、気付けば貫いていた。

「あ……!?」

少年の周囲を何かが包み込む。まるで彼自身が巨大な台風の目になったかのように。

戸惑う彼は、その台風の中から確かに見た。鬼の形相《ぎょうそう》でこちらを睨《にら》む銀髪の少女の顔を。

人間とは思えないほど顔を歪《ゆが》め、きりきりと蟲《むし》の翅音《はおと》のような鳴き声を出す少女の声を。

それがあまりに恐ろしく、少年は先程の好意も忘れて目を逸《そ》らした。

なんだここ。帰りたい。帰らなければ。

そう強く願って、彼は――

・・・

「――お、気イついたか」

「ぎりぎりだったわね」

「間に合ったな。もうちょっと深かったら帰ってこれなかった」

コユキとリンドウは、目を覚ました元《勇者》、学ランを着た少年を覗《のぞ》き込んでいた。

「お前、なかなかやるな。もし自分の理想を受け入れてたら、カグヤでも元には戻せなかった」

「かぐや……?」

少年はその名を聞いた途端、無理にでも起きあがろうとした。

「一体――何、が……」

「あーお前は気にする必要ねぇよ。もうすぐ救急車来るから寝とけ」

リンドウは彼を寝かしつけ、そして少し離れたところから小走りに駆けてくる少女――シノハラ・カグヤに目を向ける。

「おうカグヤ。終わったぜ」

「よかった。調子はどう?」

「……全身ボロボロだが」

生き残る保証があるわけではないし、生き残っても今後歩ける身体《からだ》には戻らないだろうが。

「そんでも《勇者》にはならなかった。上々だ」

軽く笑顔を見せたカグヤ。その彼女に、少年は戸惑いがちに声をかける。

「あの……僕、いったい――どうなってたんですか？　記憶が……」

「大丈夫。厄介な病気にかかっていたようなものです。後遺症は残っていますが、もう大丈夫」

しかしその言葉に、少年は益々《ますます》混乱したようだった。

「こんな……病気があるんですか、僕はなんの病気に……」

「そうですね――『勇者症候群』とでも言いましょうか」

カグヤはしゃがみこみ、少年と目線を合わせる。

「症候群。貴方《あなた》はただそれに侵されていただけ」

少年が罹《かか》っていたのは、《女神》に卵を植え付けられることにより起こる病気だ。

勇者症候群という名の。

「ねえアズマさん。勇者症候群。なかなかセンスある名前だと思いません？」

「ああ。上手《うま》いこと言うもんだな。研究長も」

カグヤの後から来たアズマは、振り返る彼女に少し呆《あき》れたように返す。

名を付けたのは技研《ぎけん》の研究長だ。カグヤではない。

「研究長といえば、あの時はなんだか大変だったようだな、カグヤ」

「ああ……監視のことですね」

カメラは、カグヤが《勇者》に接近するところをばっちり捉えていた。

暗かったとはいえ屋外で遮るもののない場所だったため、カグヤの動きは他の軍人にも丸見えだっただろう。

カグヤが《勇者》に単身立ち向かい、そこから数秒で勇者を人間に戻した「能力」を持つ者に見えているはずだ。

「研究長やミライ少佐が交渉やら隠蔽やら恫喝《どうかつ》やらに走ってくれて助かりましたよ……」

しかしカグヤは助かった。研究長のおかげで、まだバレてはいない。

研究長は言った。「アイツにはいくつか貸しがあるからな」と。

アイツというのが誰かは分からず終《じま》いだったが。

「……まあ代わりに、私正式にカローンに入ることになっちゃいましたけど」

「『なっちゃいました』とはなんだ失礼だな」

「『失礼』だなんてアズマさんにだけは言われたくありませんね」

アズマが目に見えてげんなりしたのが分かった。

「別に、帰りたかったら帰っていいんだぞ？　研究長も喜ぶだろう」

「……いや。あの人は本当は私がここにいた方が喜ぶ気がします……なんだかんだ言って研究長は骨の髄からマッドサイエン、いや研究者ですから」

「今マッドサイエンティストって言いかけたか？」

「言ったかもしれませんし言ってないかもしれません」

言ったけれど。

「でも、研究長に関係なく、私はここがいいんです。カローンの皆といるのが。……それに、設備は自由に使っていいと言ってもらってるので、研究も続けられます」

「……強欲だな」

「迷ったらどちらも諦めない性質ですから」

カグヤは技研《ぎけん》に戻らない選択をした。

正式にカローンのメンバーになることを決めたのだ。

勿論《もちろん》、それは彼女が追い求めるもののため。研究を続けたい。何も諦めたくない。だから居続けると彼女は決めた。

しかし――理由はそれだけではない。カローンのため、というのも少しはあったりもする。

だって結局、ここで離れてもまた同じようなことになる気がするし。きっと彼等《かれら》はその時も自分を頼ってくれるだろうから。

待っていてくれたマリにも、納得するまで話した結果だ。

救急班が到着して、少年が担架に乗せられる。それを横目に、カグヤ達の緊張もほぐれた。

「――にしても、症候群とは上手《うま》いことを言う。だったら中尉は医者か？」

「うーん医者って言うのもちょっと違いますかね？　症状の進行を遅らせてるだけだし。どっちかといえば対症薬に近い感じが……」

アズマとカグヤ。

「だけど治せるじゃない。今みたいに……あ、でも完璧じゃないのか。卵残っちゃうし、全部治せるわけじゃないしね」

「つーか、じゃ俺達はなんなんだよコユキ。問答無用で全部殺しちまってるぞ」

コユキとリンドウ。

それぞれ勝手に喋《しゃべ》り出《だ》す彼等《かれら》に、少年は担架の上から声をかける。

「――ッ、あのっ……！」

アズマ達はそれに振り返る。

「貴方《あなた》達は――いったい？」

「……」

顔を見合わせ、まずアズマが応えた。

「カローン。死者と生者の橋渡しを行う者だ」

「橋、渡し……？」

「そう。人間の言葉も想《おも》いも通じない《勇者》と、俺達人間との」

《勇者》は自分の理想に閉じ込められ、もはや言葉も通じない。

死者と見分けのつかない彼等《かれら》と唯一心を交わせるのが『カローン』――その名の本当の由来は古代ギリシャ語で「美」を意味する、皮肉をもって名付けられた「Ｋａｌｏｎ」だ。

しかし今は冥府の渡し守「Ｃｈａｒｏｎ」として、その由来通りの役目を果たしている。

「その橋渡しをする……ただそれだけの存在だ」

「そして、人々を護《まも》る偉いお仕事でもあるんですよ」

カグヤが横から入ってくる。

「ただそれだけなんて、悲しいこと言わないでください。私の役割とアズマさん達の役割、双方があって私達は成立しているんですから」

カグヤは朗らかに笑った後、少年に向けて言葉を紡《つむ》ぐ。

「人間を、ただの化け物として終わらせたりしない。……それが私達の役目です」

少年はその答えを聞いて、理解までは出来なかったようだった。だが少し納得したような表情で、担架に運ばれて行く。

その先で、同じくらいの歳《とし》の少年が涙を流して彼を迎えるのを見ながら。

カグヤは、そしてアズマは、優しい視線を向けていた。

（……《勇者》と人間が分かり合うことなどありえない）

四人で輸送車に戻りながら、カグヤはふと空を見上げる。

爽やかな晴天の下、かつてアズマが漏らした言葉を思い出した。――死者と生者が分かり合うことのないように、《勇者》と人間が分かり合うことなどありえない。

(――けれど)

頭を過《よぎ》った言葉に、カグヤはほんの少し笑う。けれどそれだけではないのだと――カローンの日々を通じて、カグヤはそれを感じていたから。

(けれど、理解し合えなくても、寄り添うことが出来る。救うことを諦めないでいられる)

人間を救うため、そして、《勇者》を救うため。

それが彼女の戦う理由。いつか彼女《サクラ》が言っていた理由《それ》を、カグヤはようやく見つけられた気がした。

「……だから、私は――」

だから彼女は歩み続ける。

何事も諦めない彼女が、いつか《勇者》も人間も、全てを救えるその時まで。

・・・

「──あ、そういえば聞き忘れてたんですけど」

帰りの兵員輸送車の中で、カグヤは唐突に声を上げた。

「あの時、アズマさんどうして私の姿をした《女神》に誘われちゃったんですか？　そういうタイプじゃなさそうなのに」

「……」

それはカグヤにとっては大した意味もない問いだったのだが、何故《なぜ》か輸送車内は微妙な空気に包まれた。

「あ、いや──聞いちゃいけなかったですかね？　妹さんなのかなと思ってたんですけど。それ以外に何かあったのかなって」

「……」

アズマは答えない。絶対に聞こえているはずなのに。

「……あの、アズマさん？」

「やめてあげなってカグヤ」

呆《あき》れ半分面白半分──いや面白九割くらいの声でコユキが笑う。

「そいつはこの隊長様の一番の弱点なんだからさ」

「――ッ！　コユキ‼」

「全部見られてたと思い込んでリンドウにわざわざ全部話したあんたが悪いんだからね！」

「リンドウはともかく、どうしてリンドウに伝えたら次の日には隊全員に広まってるんだ⁉」

「あんな面白いこと黙ってられるわけないだろ？」

リンドウは心底楽しそうだった。

「いやもう、まさかだよなぁ。《女神》が見せるのはそいつの理想。お前がカグヤに『あんなこと』されたがってたとは――」

「おい言い方！　待てカグヤ、これは誤解だ！」

アズマは必死で何か否定しており、リンドウとコユキは面白い玩具《おもちゃ》を見つけたような声だ。

「というか本人の前で何言ってるんだ……‼」

「寧《むし》ろ本人に言ってないだけありがたいと思いなさいよ？」

「そうだぞ隊長。お前も年相応ってわけだなぁ」

「お前もそう変わらないくせに……！　いや、というか、本当に誤解されるだろうが！」

カグヤは形容し難《がた》い顔で、コユキ・リンドウを睨《にら》むアズマと、他の二人を交互に見遣《みや》る。

「えっとコユキ？　なんの話？」

「なんの話かは、今後のアズマの行動次第で決まってくるわねぇ。……あ、そういえば私、最近新作のコスメ欲しかったんだよね」

「俺は新しい筋トレ器具だなー。意外と値段するんだぜあれ」

コユキもリンドウもいつの間にか非常に悪辣な笑みになっていた。アズマはそれで何かを察したのか、大変不本意という顔になり絞り出す。

「……分かったよ。いくらだ」

「私は一万」「俺は四万」

「おい高くないか⁉　流石《さすが》に……」

「ねえカグヤ聞いてよ、こいつが見た幻覚ってばカグヤに――」

「分かった五万でいいから‼」

ふはは、と笑いつつ、アズマとコユキの間で紙幣が五枚行き来する。

覚えてろよと呟《つぶや》くアズマと愉《たの》しそうに笑うコユキ、どうでもよさそうな顔をしているリンドウ、それぞれに笑うその他多数の戦隊員。

彼等の喧騒《けんそう》を横目に、カグヤはふう、と息を吐いて輸送車の壁にもたれかかる。

何か秘密でもあるのだろう。けれど、それを寂しいとは思わなかった。

（秘密なら、私も――）

思い出す。

あれは、《女神》を倒しにアズマと二人で車に乗っていた時だ。

《女神》に遭遇する直前、アズマにかけられた最後の言葉。
風で聞こえなかったふりをしたが、あの距離だ。本当はちゃんと聞こえていた。
――『死なせはしないよ』。
『カグヤ、貴女《あなた》は――俺の希望だから』
輸送車の窓から空を見上げてふっと微笑《ほほえ》む。聞こえていたことは秘密にしていよう。
それにしても、死ぬかもしれないからってわざわざあんなこと言うなんて。
「……恥ずかしいやつ」
その言葉は喧騒《けんそう》に紛れ、幸いなことに誰にも届くことはなかった。

第2巻予告
VOL.2
2023.8
再び忍び寄る《女神》の手。
泡沫の夢幻を前に人々は、
修羅と知ってか知らずかその手を取る。
それは自ら選んだ訳ではない天命。
だが、自ら選んだはずの運命。
束の間の休息の陰に動き出す歯車。
揺れる世界で《女神》に迫る決意をした少年少女は
終わらぬ戦いの実態を知る。
“夢”の戦いの果てで目にするものは
新たな「困難」か、それとも「救い」か。

勇者症候群
HERO-SYNDROME
Eradicate the heroes who avenge the world.
世界に仇なす
《勇者》を殲滅せよ

あとがき

初めましてこんにちは。皆様初めまして、彩月《あやつき》レイと申します。

この度は当作『勇者症候群』を手に取っていただき、誠にありがとうございます。

数ある作品の中からこちらを選んだそこのあなたは非常にお目が高い。エンタメに溢《あふ》れるこの現代において、決して後悔させない一冊をお届け致します。

さて当作ですが、ボリュームが多いです。しかもこれでも削っております。

故にあとがきが2ページしかありません。これでも随分捻出していただいたのです……しかしこの時点で既に7行使っておりますね。計画性が全くありません。

なので、謝辞を先に。

まず選考に関わってくださった編集部の皆様。数ある応募作の中から当作を見出《みいだ》していただき、また電撃小説大賞金賞という栄えある賞をいただきまして誠にありがとうございます。その名に恥じぬよう、また期待に応えられるように、これからも精進していきます。

担当のM様とN様。右も左も上下もわからない私を幾度となく導いてくださりありがとうございます。執筆に際してもご協力いただき、当作は応募時のものよりずっと素敵な作品に仕上がりました。そしてM様に関しましては本当にご迷惑おかけしました。直したいだとか何度も言ってしまって……さぞお手数だったろうと思います。ありがとうございます。

勇者症候群のキャラを可愛《かわい》く美しくデザインしてくださった、りいちゅ様。初めてカグヤ達を見たとき、私はようやく「君達こんな顔してたんだなあ」と知れました。誠に感謝です。

クリーチャーデザインとしてご参加いただいた劇団イヌカレー（泥犬）様。承諾いただいたと知った時、また《勇者》のデザインを見た時は驚きました。一言では表せない魅力に溢《あふ》れており、世界観が重厚になりました。誠に感謝です。

その他関係者の皆様。非常にタイトなスケジュールだったにも関わらず、告知していただいたこと、発売日に間に合わせ並べてくださったこと、感謝してもし切れません。

推薦コメントをいただいた安里《あさと》アサト先生、川原礫《かわはられき》先生、細音啓《さざねけい》先生、羊太郎《ひつじたろう》先生。原稿でお忙しい中、当作をお読みいただきありがとうございます。非常に光栄です。

日頃から意見をくれて、支え励ましてくれた創作仲間の皆様。皆様がいたから私はここまで来れたのだと思っております。ありがとうございます。

そして最後に、この本を手にしている、あなたに。

この話は化け物との戦いの物語でもあり、同時に心を交わす物語でもあります。

キャラクター達にはそれぞれ価値観があり、信念があります。その信念は真正面からぶつかり合い、時に呆気《あっけ》なく崩れ去り、そして認め合い変わっていきます。そんな彼等《かれら》の葛藤と悲哀と覚悟を、ほんの少しでもお届け出来ていれば幸いです。

それではまたお会いしましょう。彩月《あやつき》レイでした。

本書に対するご意見、ご感想をお寄せください。

ファンレターあて先
〒 102-8177　東京都千代田区富士見 2-13-3
電撃文庫編集部
「彩月レイ先生」係
「りいちゅ先生」係
「劇団イヌカレー（泥犬）先生」係

本書は第29回電撃小説大賞で《金賞》を受賞した『勇者症候群』に加筆・修正したものです。

電撃文庫

勇者症候群《ゆうしゃしょうこうぐん》

彩月《あやつき》レイ

2023年２月10日　初版発行

発行者　山下直久

発行　株式会社KADOKAWA

〒102-8177　東京都千代田区富士見2-13-3

0570-002-301（ナビダイヤル）

装丁者　荻窪裕司（META＋MANIERA）

印刷　株式会社暁印刷

製本　株式会社暁印刷

ISBN978-4-04-914872-5　C0193　Printed in Japan

電撃文庫　https://dengekibunko.jp/

電撃文庫創刊に際して

文庫は、我が国にとどまらず、世界の書籍の流れのなかで〝小さな巨人〟としての地位を築いてきた。古今東西の名著を、廉価で手に入りやすい形で提供してきたからこそ、人は文庫を自分の師として、また青春の想い出として、語りついできたのである。

その源を、文化的にはドイツのレクラム文庫に求めるにせよ、規模の上でイギリスのペンギンブックスに求めるにせよ、いま文庫は知識人の層の多様化に従って、ますますその意義を大きくしていると言ってよい。

文庫出版の意味するものは、激動の現代のみならず将来にわたって、大きくなることはあっても、小さくなることはないだろう。

「電撃文庫」は、そのように多様化した対象に応え、歴史に耐えうる作品を収録するのはもちろん、新しい世紀を迎えるにあたって、既成の枠をこえる新鮮で強烈なアイ・オープナーたりたい。

その特異さ故に、この存在は、かつて文庫がはじめて出版世界に登場したときと、同じ戸惑いを読書人に与えるかもしれない。

しかし、〈Changing Times,Changing Publishing〉時代は変わって、出版も変わる。時を重ねるなかで、精神の糧として、心の一隅を占めるものとして、次なる文化の担い手の若者たちに確かな評価を得られると信じて、ここに「電撃文庫」を出版する。

1993年6月10日
角川歴彦